潘壘
著

總序

無擾為靜，單純最美

宋政坤

記得三十年前大二那年暑假，我一個人待在陽明山，窩在學校附近的宿舍裏——避暑、看書、打球，日子過得好不愜意。那時候我瘋狂的迷上讀小說，其中最喜歡且印象最深刻的就是潘壘寫的《魔鬼樹——孽子三部曲》、《靜靜的紅河》（以上皆聯經出版）。那年暑假我糾結在潘壘筆下小說人物的內心世界裏，山與海彷彿都充滿著熱與火，劇情結構好像電影，有鏡頭、有風景，愛恨糾纏，直叫人熱血澎湃。那是我年輕時代裏最美好的一個暑假，此後就再也沒有過。總覺得那年暑假帶走我少年時最後一個夏季！那段山上讀書無憂無慮的日子，在我記憶裏總是如此深刻。

之後幾年，我一直很納悶，像潘壘這樣一位優秀的小說家，怎麼會突然就銷聲匿跡似的，再也不見蹤影？難道他已經江郎才盡？或者他早已「棄文從影」？又或者是重返故鄉，至此消逝於天涯？我抱持這樣的疑惑，直到真正遇見他本人。

那是十年前（二〇〇四年）某天下午，《野風雜誌》創辦人師範先生，很意外地帶著一位看起來精神矍鑠的長輩造訪秀威公司。當他們突然出現在辦公室時，我一時還真有點手無足措，當時我正和幾位同仁開會，小小的辦公室擠不下更多的人，開會的同仁們見狀一哄而散。我一得知坐在師範身旁的就是作家潘壘時，當下真是驚訝到說不出話來，不是矯情，真正是恍然如夢。因為有太多年了，我幾乎再也沒有聽過潘壘的消息；就像已經有太多年了，我幾乎忘掉那一個青春的盛夏！

我們好像連客套的問候都還沒開始，潘壘先生就急著問我是否有可能重新出版他的作品，而且如果能夠的話，他想出版一整套完整的作品全集。我當時才確認，潘壘八〇年代以後再也沒有新作問世。他突然丟出這個難題，我一時竟答不出話來，想到這套作品至少有上百萬字，全部需要重新打字、編校、排版、設計，這無疑將會是一筆龐大的支出，以當時公司草創初期的困窘，我實在沒有太多勇氣敢答應。對於這麼一位曾經在我年輕時十分推崇而著迷的作家，竟是在這樣一個場合下碰面，我實在感到十分難堪。在無力承諾完成託付的當下，我偷偷地瞥他一眼，見他流露出一抹失落的眼神，老實說，我心情非常難過，甚至於有一種羞愧的感覺。這件事、這種遺憾，我很少跟別人說，卻始終一直放在心上，直到去年。

去年，在一次很偶然的機會裏，我得知國家電影資料館即將出版《不枉此生——潘壘回憶錄》（左桂芳編著），秀威公司很榮幸能夠從中協助，在過程中我告訴編輯，希望能夠主動告知潘壘先生，秀威願意替他完成當年未竟的夢想，這次一定會克服困難，不計代價，全力完成《潘壘全集》的重新出版。對我來說，多年的遺憾終能放下，心中真有一股說不出來的喜悅。作為一個曾經熱愛文藝的青年，已屆中年後卻仍有機會為自己敬愛的作家做一些事，這真是一種榮耀，我衷心感謝這樣的機會，這就像是年輕時聽過的優美歌曲，讓它重新有機會在另一個年輕的山谷中幽幽響起，那不正是我們對這個世界的傳承與愛嗎？

最後，我要感謝《潘壘全集》的催生者師範先生，感謝他不斷給予我這後生晚輩的鼓勵與提攜；同時也要感謝《文訊雜誌》社長封德屏女士，感謝她為我們這個時代的文學記憶保存許多珍貴的資料；當然，本全集的執行編輯林泰宏先生，在潘壘生活的安養院裏花了許多時間跟他老人家面對面訪談，多次往返奔波，詳細紀錄溝通，在此一併致謝。

無擾為靜，單純最美。當繁華落盡，我們要珍惜那個沒有虛華、沒有吹捧，最純粹也最靜美的心靈角落。當潘壘的生命來到一個不再被庸俗干擾的安靜之境，當他的作品只緩緩沉澱在讀者單純閱讀的喜悅中，我想，一個不會被忘記的靈魂，無論他的身分是「作家」，或是「導演」，都將永遠活在人們的心中。

謹以此再次向潘壘先生致敬！

二〇一四年八月一日

目次

歸魂

民國四十二年度中華文藝獎金得獎作

一

虹橋機場外圍的砲聲吼了一整夜。

上海，癱瘓在絕望而預示著某種災禍來臨的顫慄裡；愁慘而晦澀的薄霧，在這些空虛的街道中彌漫著，氣流裡攙雜有些微焦灼的辛辣味；街道上間或駛過幾輛沉重的軍用運輸車，以及一些用急步走過的隊伍，而讓靜寂統治著這個瀕於死亡的城市。

在那片荏弱的，澄黃色的曙光從黝黑的江岸那邊透出之前，除了一部份掩護部隊之外，守軍已經遵照命令安全撤退了。有好些被留下的政工人員提著鉛桶，踉蹌地跑過馬路，去張貼標語和那張大幅的「告上海市民書」；有好些保安警察和防護隊焦燥地在街角躑躅……。

同一個時候，在北站，我和幾位破壞組的組員，敏捷而熟練地在前面那座龐大的建築物內，裝置好那些ＴＮＴ和信管，然後再急忙退到路旁一條並不太寬闊的旱溝裡。

沉默。大家屏息著，凝神地偵伺著前面……

接著，爆炸的巨響瞬即在一陣強烈的閃光中震盪開來了。被扭曲的鋼筋、木條和泥塊被拋擲在空中，血紅的火舌在濃煙中向這黑夜伸舐著；彈藥庫在繼續爆炸，致使那炙熱的，由於爆炸而激動的氣流，以一種沉重的壓力向我們撲來，夾著還在燃燒的木屑和彈片的嘶叫……

聶威從我的身旁站起來，火光映在他的面孔和身體上。他用手去揩抹額上的汗，神情有點激奮。他痛惜而感慨地低聲說：

「我們的任務完成了……」

這時，背後密集的槍砲聲漸漸沉寂，開始有些零散的部隊和車輛，沿著馬路向江灣退下去。

聶威回過頭，低促地說：

「走吧！要不然趕不上了。」

於是，我們跳出旱溝，擠坐在一輛破舊的吉甫車上，以最高的速率向江灣開駛。

我們一共有八個人，可是一直沒有說話，似乎每個人都被自己的思想佔據著。我感到一種空虛和落寞的感覺。這是很難解釋的，難道我還留戀著這個罪惡而即將沉淪的都市嗎？我不由自主的輕蔑地笑了。我回頭去看看正謹慎地駕駛著車子的聶威，希望從他的神態中獲得些兒力量將自己振作起來。

他凝視前面平滑而蒙著薄霧的路面，有一種執拗的什麼在他那深沉的眸子裡熠耀著。他是一個身體魁梧的年輕人，容貌和性格上有一種易於親近的，詩人的狂放氣質；像蛇一般機警，嚴肅的時候使人感到寒慄。我是在徐州採訪軍聞時認識他的，現在，我和他已經是很好的朋友了。上海保衛戰的初期，因為我是報社中唯一的軍聞記者，所以我得整日到那些軍事機關裡走動；在一個極偶然的場合裡，我又遇見了他。他興奮地搖著我的手，寒喧了幾句，便立刻將住址和電話號碼告訴我，同時將我的名片謹慎地納入衣袋中，於是匆匆地走了。後來，蘇州崑山相繼失陷，我從他的電話裡獲得許多消息，可是一直沒有找到會面的機會。昨天，我們的報紙停刊了，那位自命不凡的社長在他的辦公室裡召集我們的時候，他含糊而詭譎地說了許多不堪入耳的話，以及「那個偉大的日子到來……」等等幻想；末後，他幾乎摹倣著那種「布爾希維克」的神氣，用右姆指去抬抬眼鏡，叉著腰，狡獪而陰險地發出幾聲得意的乾笑，然後用一種恫嚇的聲音繼續說：

「所以，呃，我希望各位能安守本位，一切全由兄弟負責。不然——聽便吧！這是我……最後的忠告！」

辦公室裡。他們開始整理報社的移交清冊，有幾位沒出息的傢伙竟然失魂落魄地伏在桌上寫什麼坦白書了。

我憤恨地摔掉手上的煙蒂，急急地返身走出報社。

馬路上擁擠著騷亂的人潮，他們的臉上呈現著一種惶惶不安的神色。衣物用具和許多曾經在市面上絕跡的貨物，已經擺在行人道上賤價出賣了，他們拒用政府的貨幣；那些工廠和糧食店緊閉的大門外面，有好些激動的工人和店員，舉著貼有標語的木牌，喧嚷著，用各種名目向他們的主人索取「儲糧」和「應變費」；銀圓販在亂喊價格；有人在光天化日下搶劫……

我漫無目的地走著，陷在深沉的悲哀裡。

我終於進入一家狹小的咖啡室。我是那兒的熟客，因為我每個晚上總要到那兒向幾位同業交換消息。現在，我進來了，我很想見見那些朋友；不過，離開約定的時間還早，所以我隨意拉過一張椅子坐下來。我向自己說：我應該等待他們來，探詢探詢他們的情形；看他們是否打算走，或是留在上海。

「嗨……」那個矮小的侍者向我走過來，他阿諛地笑著說：「今天怎麼，你平常難得這麼早來呢！」

「給我一杯黑咖啡。」我懶散地回答。

四座很冷清，在播放著瘋狂的爵士音樂，這氣氛極不調和。我用手肘支在桌上，蒙著臉，除了心中的煩燥，我無從攫捉任何一個思想。當那個侍者將那杯飲料放在我的面前，我問他：

「昨夜他們都來過嗎？」

「來過，只是比往常早一點，他們忙著收拾行李。」

「行李？」

「你不知道？——他們要到臺灣去了。」他摸摸下巴，明事達理地說：「楊先生可例外，據說他有家累……」

略一思索，我又問：

「什麼時候？」

「大概是今天早上。坐木船，先到舟山……他們也勸我一起走，不過，你是知道的……」他無可奈何地伸伸手，輕聲說：「像我們這種行業，誰來了不是一樣……」

我沉默下來。

接著，我付了錢，又匆匆地離開了。

我茫然地被捲進人叢中，走過好些街道。在一條狹窄的街道的轉角，我努力向牆邊擠，然後靠著牆根將腳步停下來。

我窺察著來往的行人、車輛、和那些巍峨的建築物；我傾聽著這些混雜的響聲。但是，我不能了解……

驀地，我熱望地低喊起來。頭上那塊公共電話的圓牌，使我突然記起聶威。

「我應該打個電話給他。」我自語著。

於是，我走進那家紙煙店裡。第四次，鈴響了，接電話的正是他。

「是易凡嗎？」他大聲叫道：「啊！太巧了！我昨天找你一整天啦！我以為你已經……」

「嗯，報社停辦了。」

「你想獃在上海等『解放』？」

「不！可是……」

他阻止我說理由，半含呵責半命令地結束他的話：

「我等你，你馬上來！」

二十分鐘後，我見到他。他忙著整理文件，直至他將一疊公文塞進那個軍用公文袋之後，他從坐位上站起來，直截地問：

「你打算怎麼樣？」

「你以為我會……」

「好！不用說了，我知道你不會。」他急急的截斷我的話：「那麼你願意跟我一起走了，是不是？」

「當然，只要能離開上海。」

「那很好。我們得立刻出動；假如遲了，這許多事在明天天亮之前是沒法辦完的……」

「我們要撤出上海？」我憂怯地問。

遲疑了一陣，他沉重地說：

「這是戰略上的問題，我們已經達成消耗共軍軍力的任務，現在我們得要保存實力……」

「……」

「我們還要回來的！」他用力地吐出這幾個字。

這天我跟著他們在一起工作，破壞所有留在上海，不能撤退的軍用建築和物資。

現在，車子在魏德邁路上急駛著。幾分鐘之前，我們在北站完成了最後一件工作，假如在五點三十分之前我們不能趕到張家濱碼頭，我們便被遺留下來了。

雖然我極力要求自己，拒絕考慮假使我們被遺留下來所遭遇的事情；然而目前的情況，顯然使人感到失望。當我們的車子被公路上那些雜亂而疲乏的隊伍、擔架、以及擁塞著勝路的軍用車輛阻塞著而緩下來時；一位中尉以沉重的聲調說：

「虬江碼頭起火了。」

情況愈來愈混亂。

車子終於被迫停了下來。聶威看看腕上的手錶，然後垂下頭，絕望地嘎聲說：

「我們趕不上了！」

沉默……

前面突然發出一排緊密的槍聲。

我提議：

「讓我們慢慢開到吳淞再說，不然，沒有第二條路可走了。」

二

一層昏濛的光暈透過這江南五月稀薄的晨霧，從右面那些黝黑的田野背後迂緩地升起來，槍砲聲已經完全靜止了。然而，在這靜穆而甜美的清晨中，吳淞鎮卻被一種沉重而令人惆悵的氣氛包裹著，宛如被殘酷的戰火洗刷過似地，昔日熱鬧而擁擠的蘊藻濱變得寬闊了，有幾艘破爛不堪的小舢板橫在河岸的旁邊，那沉靜的河面上飄滿了草層、木塊、以及零碎的雜物。那條狹長的市街上，黑暗而空敞的木門絕望地張著，有些被拆下的棚架和店招橫在街心，附近的地上滿是在極度匆忙中遺下的衣物；有一頭貓躲在小巷的牆下面，發出一種長而低弱的哀鳴。

前面有幾輛軍用車傾倒在路溝邊，在燃燒著。有好些士兵在忙著築木筏。我們互相瞥視了一眼，正要準備向他們走過去，聶威忽然伸手去阻止我們，他緊蹙著眉說：

「我們另外想辦法吧，他們那麼有多人！」

「我們也可以另做一個！」其中一個組員提議。

「不可能，這兒沒有這許多木料。」我接著說：「我們還是向寶山那面的江岸走過去，也許會找到漁船。」

「我相信那邊連小舢板也早都逃了！」

「也許我們的運氣不那麼壞！」

當我們在一條水道的前面棄下那輛吉甫車，繼續向江岸步行半個鐘頭之後，在一個搭有幾間敗陋的茅舍的內澳裡，我們發現唯一的一艘小漁船，船身有二十尺左右，它的尾部擱淺在岸上。我們興奮若狂地跑近它時，一個年老，有著棕色皮膚而仍很健旺的漁人，從左面那間泥屋裡走出來，目光含有些兒驚惶地向我們的身上搜索了一陣，他說：

「先生，那是在修理的壞船。」

「啊……」聶威走過去，溫和地問：「老先生，這是你的船嗎？」

他憨直地點點頭。

「如果它能夠下水，」聶威摯切地說：「我們願意給你一點錢，將它賣給我們！」

「嗨！錢不錢倒是小事，」他用手摸摸臉上那些粗而斑白的鬍髭，老老實實地說：「這條破船……」

「只要它不漏水，就行了。」

「它的舵有毛病……」

「能勉強用用嗎？」

「這很難說，風浪小一點的話……」

經過商議，我們大家湊了幾十幾個銀圓，當聶威將銀圓塞進他那大而乾枯的手中時，他慌亂起來。

「啊！那怎麼可以收呢！」他不安地訥訥著說：「這條破船能值幾個錢，你們只要小心點，走好啦……嗯，我是從淮陰逃難來的！」

推讓了半天，他終於靦腆地將銀圓收下來。於是我們開始將那些槳、布帆、木桶和其他應用的零物從那間狹小的茅屋裡搬到船上去。那個老人叮囑我們許多話，告訴我們行駛的路線與方向。將船推下水後，他從屋子裡提出一袋甜薯送給我們。佇立在岸邊望著船離開河岸。

開行後，聶威坐在船尾把舵，其他的人輪流著用笨拙的姿勢搖著槳。我們是從未在海上生活過的，雖然我們——在我看來——都曾經狂熱地戀慕過海洋，但，我們對於它是陌生的，一無所知，正如這個奧秘的天體對於我們一樣。可是，我們在一種激動的，感到微微狂亂的喜悅中笑著，我們從未思考過怎樣應付這即將到來的風浪，彷彿我們只要離開了陸地，就離開了死亡。

船安穩地駛出靜靜的揚子江口，波浪漸漸大起來，水色已由淺綠而變為渾濁的褐黃色了，浪沫不時在舷邊潑到我們的身上，帶著海的微鹹的氣味。

現在，我們開始感到暈眩了，在起伏的浪濤中，槳已經失去了它的效用。我回轉頭，大聲地向舵位上的聶威說：

「我們該要起帆了！」

「怎麼？」他伏在舵把上，將左手掩在耳邊：「你說什麼？」

我指指身旁的布帆，作著一個起帆的手勢。

他點點頭。

然而，我們對於這些工作是毫無經驗的，但我們熱心地摸索著，終於克服了所有的困難。我們伏在甲板上繫好布帆兩端的木條，牢牢地結在垂下的桅索上，再合力豎起木桅，然後抽緊桅索，將那張千補百結的布帆拉起來。

風力很猛烈，當船因揚起布帆而輕快地疾駿時，船身很快的向右傾側了。我們急忙跑到左舷去，直至船身再恢復平衡，我看見聶威沉著地用力將木舵推到右面。

這種情形連續了幾次之後，我試著將布帆略為放下，藉以減少一點風力。同時，我們將底艙滲進的水提上來。

黃昏時，我們的船已經駛近內陸突出的尖角了。那個老人告訴我們：過了這個尖角，再向東南方行駛，便可以到達舟山群島的。但，這正是我們所憂慮的事，因為夜間的風浪比較險惡，而且我們得要遠遠的離開陸地，渡過寬闊的玉盤洋；假如停下來，或許會被潮水送進杭州灣去。

正當我們猶豫不決之間，風向漸漸變了。那些灰黯的雲塊開始從那一線陸地的上空向東移過來，空氣突然變得悶熱，我們像是被一個驟然而至的不幸的預感所惶惑住了。我們緘默著，怔忡不安地凝視著昏紅的天邊，直至我們的船重新在浪潮上劇烈地簸動起來……

驟雨跟著黑暗襲來了。我們用身體去平衡船的斜度，大的雨點將我們打得透濕；浪潮持著一種可怕的威力猛撞著船身，使它發出一種如同即將碎裂的聲音；我們俯伏著，用力握著船身固定而凸出的木椽，有好些器具因船的起伏而被拋出去。

雨剛剛停止，可是不幸的事情接著來了，一個龐大的逆浪向船尾撲過來；我從甲板上掙扎起來，向正竭盡所有的力量推著船舵的轟威警告。但是，已經遲了，船身猛烈地顫動了一下，在一種駭人的碎裂聲中，海水將我從右舷的甲板上推到船頭鐵錨的旁邊去。我意識到木舵和它的軸承已被擊毀了，因為船隨即順著風向很快的斜著橫過來。我只能聽從一種生存的本能控制著自己，將身體踡縮在那狹而突出的船頭的龍骨裡，任憑這些暴怒的風浪挾著那猖獗的聲勢，對沉浮在它們之間的小船無忌憚地凌辱。

當船橫過來而布帆突然被反面強烈的風將它漲開的一瞬間。船桅驟然被折斷了，它可怕地向右舷壓下來，然後被捲出船外去。在這些混雜而連續的響聲中，我聽到沉重的呻吟和尖銳的呼救聲。一種力量使我急急地彎腰向那個方向跑過去，然而，我的腳踝被一條桅索絆著於是我摔倒在甲板上……

天很藍，幽遠而沉靜地罩在頭上，右角有好些緩緩地浮動著的雲片。我抬起那疲疲的右手去遮著眼睛，思索了一些時候，纔乏力地將身體從那濕澀的甲板上支撐起來。我詫異地看看自己身上潮濕而散亂的衣服，然後下意識地搖搖那在隱隱作痛的頭，直至我發現那些同伴們，和倒臥在舵位下面的聶威，我纔隱約記起昨夜所發生的事。於是我勉力站起來，跨過那些零亂散落甲板上的木條、和繩索，過去搖醒他們。

現在，我們這條失去一切意義的船正飄浮在安靜的海面上，微微地震盪著。而我們只剩下五個人了；有三位組員昨夜被布帆和船桅捲到海裡去。在我這糢糊的記憶中，我不能詳細地描述他們的面貌，我只知道當我被那個逆浪推到船頭之前，他們是曾經伏在我的身邊的，而其中一個略為肥胖的組員對我的印象卻比較深刻，因為他曾經不斷地用輕輕的口哨重複著那支旋律優美的風流寡婦。

彷彿大家都不願再提起這件不幸的事情，而被裹在對未來的憂慮中。我們併坐在斷桅的前面，仔細地，幾乎類似裝作著一種形式似地咀嚼著手中的甜薯；坐在左面那個姓魏的組員正低著頭，用一塊布條包紮著被擦傷的左足，然後抬起頭，憂怯地說：

「我們會被飄到哪兒去呢？」

「那只有天知道了！」坐在他身旁那個高大的組員用懶懶的聲音回答。

「不過，我們是不會被吹進杭州灣的，」聶威深深地吁著氣。「昨夜吹的是西南風……」

「假如是西南風，我們不是被吹到琉球或者日本去了嗎？」

「你放心，絕對不會在今天……」

「而且，風向變的話，我們還得再回到大陸去。」

那位久久不作聲的組員，現在開始說話了。他像是對於我們正討論的問題認為並不嚴重似的，他將手上最後一小塊甜薯放進嘴裡，用那還有些兒潮濕的衣角去揩著手指，平淡地說：

「前幾天新聞報有一條國際珍聞說：一艘巴拿馬貨輪在波斯灣外救起一隻在海上漂流了三十四天的木筏，筏上男女八人是一絲不掛的，因為他們已經將身上衣物吃光了……」

「去你的吧！」他身邊的同伴不以為然地叫起來：「難道你也準備一絲不掛嗎！」

「不！我是說假如被吹進杭州灣的話，」他眨眨眼睛：「我是情願一絲不掛的。」

三

顯然我們的運氣並沒有波斯灣外那條木筏那麼壞，第三天的正午，我們被一艘巡弋於日本海岸的美國軍艦所發現了。駛近我們之後，那些水兵很敏捷地從滑索跳下我們的船，幫助我們爬上由艦上放下的繩梯。

「有能說英語的嗎？」一位軍官向我們發問。

我站到前面去，簡略地將我們的身份和遭遇的情形告訴他。他一面聽，一面有興味地咬著他的煙斗，不時發出一種有趣的短音，表示著驚訝。

「現在你們可以安心啦！」當我將話結束了之後，他說：「我們得將你們送到長崎去，你們會很快到臺灣的。」

「我們要替你們添麻煩了。」

「沒那回事。」他笑笑。「這是我們應盡的義務。我想，你們一定很饑餓和需要休息了。」

於是他引領著我們走進一間潔淨的艙房裡，寫了我們的姓名和簡單的履歷，然後溫和地要求我們將身上的武器交給他保管。

「這是一種手續，我要立刻去向艦長呈報。」離去之前，他補充著說：「我會吩咐他們好好地照顧你們的。」

傍晚的時候，軍艦停泊在長崎的港口，那位美國軍官隨同著兩位軍士用汽船將我們送上岸，然後乘坐一輛像是早已準備在碼頭上的中型指揮車，送我們到盟總駐長崎的辦公處去。

在那個地方，我們受到一次冗長的詳細的盤問，而且慎重其事地研究著我們的證件，然後將我們引到一間門口站著憲兵的休息室裡。半個鐘頭之後，那位面色紅潤的副官和那位中國譯員又走進來。這次，他輕鬆得多了。他說只好委屈我們一個晚上，因為他已用急電通知東京中國軍事代表團，但最早也得在明天纔能將我們接回去。

「我們不得不這樣做，」他沉下聲音解釋著說：「你們知道，那些赤色份子就是利用這種方法滲進來的……」

但，東京代表團派來的姓孔的秘書，直至第二天下午纔趕到長崎來。辦理保釋的手續是很麻煩的，我們又被傳出去。相同的，又是盤問口供和審驗證件，走出這幢大樓時，已經是黃昏了。

我們乘坐盟總的專車到車站去。坐定之後，孔秘書仔細地揩拭著手中的近視眼鏡，對我們說：

「在臺灣的入境許可證未發下之前，盟總允許你們暫時逗留在日本，但代表團方面卻要負你們行動上的責任……」

「難道代表團還懷疑我們？」我急急地問。

「假如懷疑，還會將你們保釋嗎？」

「那麼……」

「我只是說互相要取得密切的連繫而已，日本的情形十分複雜，比如……」

「那麼代表團的意思是——」我接著插嘴。

「很簡單，如果你們在東京沒有親友的話，食住方面，代表團可以替你們解決；其他的，呃，我是說，最好不要離開東京。」

「當然。」

在車站辦理登記之後，我們乘坐寬敞舒適的，專供盟軍人員使用的車廂，向東京進發。經過這許多天的勞頓，我委實疲憊不堪，火車開行不久，便熟睡了。

經過佐世保的時候，被幾個酗酒的美國水兵鬧醒。

四

東京的六月是迷人的，而我卻在憂悶和焦燥的期望中排遣著日子。在感覺上，它對於我漸漸消失了那種新奇和誘惑；其實，這是不足為奇的，記得我到達加爾各答渡假的一週後，我便開始對這充滿了橄欖油味的都市詛咒了；所不同的，就是我仍然那麼狂熱地愛戀著這個恬靜得有如少女芬芳鼻息的國度，神魂卻令我牽念著掙扎在苦難中的祖國。我已失去那份悠閒的情趣，到日比谷或者上野公園去散步；到新宿和淺草去逛夜市；到澀谷那些狹小的咖啡室去發洩內心抑制的激情。現在，這些我已感到乏味了，我幾乎整日和這四位同伴待在代表團給我們安排的宿舍裡，向那位年老的工役學習簡單的日語；同時不斷地向孔秘書探聽臺灣入境證的消息。但，自從那次隨著一位熱心的雇員到神保町去逛過一次以後，我便時常逗留在哪兒的舊書店中了。

這天，我照例單獨到神田去。在那裡，我曾經走盡了所有的舊書店和書攤，然而我每次總要先到秋山書房去。並不是它的存書多，而是我已認識了那位矮小，衰弱而傴僂的秋山先生；

他是一位很和善的老人，曾經到過中國內地。當他認真地向你介紹一本書的時候，你可以從他那副黑邊的近視眼鏡後面，發覺他那雙細小的眼睛正用一種懇切的神色凝望著你，然後細聲說出它的價錢。在他那撮已呈灰白的仁丹鬍子下面，兩片薄薄的嘴唇上，永遠駐留著淡淡的笑意。

我剛走進門，他便從黑暗的內屋走出來。

「那本詩集，你滿意嗎？」他用中國話向我說。

「嗯！很好、很好。」

「關於那本英國近代詩選，」他接著說：「假如你能夠再加一點的話……呃，我敢說你在神田不能再找到第二本的。」

「所以你一定要我再加一點？」

「啊！我只要求一個公道的價錢。」

「那麼……」

「你聽我說，現在比不上戰前了，假如它是法文或者德文，我只要收一半的代價便足夠了；可是它是原版的呢。」

正當我們論著價格，一位穿著一套陳舊的黑呢西服的老人繞過門前的書架走進來，他的相貌似乎我從哪兒看見過，我一時不能解釋使我產生這種感覺的原因；我想：也許是由於他們的服飾……

「秋山先生。」他站在書架的前面說。

秋山向我道歉，然後走過去。他們細聲地談話，那個老人將手上的布包解開，將一些書放在牆邊的木桌上，便離開了。店主人異常恭敬的送他到門外，深深地鞠著躬。

「這位老人是誰？」秋山回來後，我問他。

「鈴木醫生。」

「鈴木……」

「他是一個可憐的老好人，神保町的人都認識他。」

「……」

「他很窮，這是他兒子的書籍，要賣掉。你可以看看，那是很好的英文書呢……哈代的小說，呃，這是普式庚的『歐庚・奧涅庚』的譯本……。」

我隨手拿起一本十四行詩集，翻閱了一下，我問：

「他的兒子也忍心賣掉這些書嗎？」

「……」店主苦笑起來：「軍部的通告，他大兒子在戰爭期間失蹤了，」痛惜地搖搖頭，他繼續說：「那是一個很好的孩子，很像他的父親。」

「……」

「這些都是他的書。」

我去翻另外一本紅皮精裝的詩集，突然我發現內頁的下角寫有幾個字：

——帝國大學醫學部鈴木永吉藏書

「鈴木永吉……」我重複著這個名字。

「你認識他？」秋山詫異地問。

「不，我覺得這個名字很熟悉。」

「日本人的名字很容易使你發生這種感覺的。在貴國，有好些朋友替我在名字上加個紅字，而叫我做秋山紅葉……」

「也許是的，可是鈴木永吉……」我喃喃著，走出門外去。

「那本近代詩選，你能再加幾個錢嗎？」

我並不回答他，只緩滯地沿著這條全是開設著舊書店的直街走去，沉耽於這令人迷惑的思想裡；我極力向記憶探索，企求能找到一個替自己解釋這種迷惑的原因，當我走近前面一條狹小的橫街時，驟雨來了，而我卻在街頭站著。雨水打濕我的頭髮和衣服，從我的頸項滲進體內，一個像驟雨般激烈而突如其來的意念掠過我的思維。

「啊……」我驚叫起來。然後忙亂地伸手到內衣袋中，將那本在身邊存放了五年，封皮已經脫落了的記事冊掏出來；惋惜地顫著手指去揩拭那褐黃色封面上沾著的雨點。

我永遠不能忘懷這件五年前發生在緬甸北部叢林中的事情——

經過一陣騷亂，士兵們紛紛離開了。雖然在下著雨，但我仍呆呆的佇立在那小帳幕前面，陷入一種愧疚的沉鬱意態中。我伸手去壓低頭上的鋼盔，這種下意識的舉動，彷彿要想將眼前這醜惡的現實遮掩起來似的，讓我的臉部深深的埋藏在那鋼盔的，象徵著死亡的黑色陰影裡。

突然，一種難以遏止的憤怒從我的心中升起，我記起國土淪喪的恥辱；我瞥見無數死難的同胞和同伴們在流血……

正當我抬起頭，醫官已從那個人的身邊站起來。他焦燥地揉著手，簡單地向站在後面的連長說：

「他服毒自殺了！」

連長瞇起眼睛，不斷的移動著手指去撫摸下巴上的短鬚，思索了一下，他含有些兒熱望地對醫官發問：

「沒有急救的辦法嗎？」

「可是……」醫官絕望地搖搖頭，「已經太遲了！」

我的頭深深的垂在胸前。

是的，已經太遲了。我想他在昨夜一定吞服了那包黃色的藥粉；他曾經帶著一個悽楚的微笑告訴我，它能替他解除一切痛苦的。然而，這些痛苦是誰給他的呢？又是什麼力量剝奪了他生存下去的意志呢？雖然我知道兵士在戰爭中所負的義務和獲得的權利，但，我不能了解互相殺戮的理由。他們正如我們一樣，有幸福溫暖的家，慈愛的親人，以及一種執拗而永不止息的，生存的慾念。所不同的，只是他們那麼愚昧而固執地馴服於侵者略的野心而已。

「他是無辜的！」

我喃喃著。隨手將昨天晚上他送給我的那本記事手冊從衣袋裡掏出來。這是他僅有的遺物，它記載著這短促的生命的全部意義；它對於我，並不是一件光榮的戰利品，而是一種抽象的，充沛於生命中的永恆的記憶。

在它的扉頁上，有兩行清秀的字。

緬甸派遣軍皇軍第十八師團

鈴木永吉

雨水淹沒那些字跡，我被淹沒在回憶的浪潮裡……

當中國駐印軍新編第三十八師在三月中旬攻克傑布山邊的丁高沙坎（Tingkanksakan），結束胡康河谷戰役之後，部隊又分路掃蕩孟拱河谷，以及傑布班山隘口以南的拉班（Laban），向沙杜蘇（Shadutzup）繼續進軍。

從大奈河（Tanai R.）的戰鬪開始，我們一直順利地前進，佔領太柏卡（Taipha Ga），克復孟關（Maingkwan），和揚威於胡康河谷的最後據點瓦魯班（Walawbum）……

這是多麼令人依戀的，活躍的日子啊！

可是，那令人愁悶而連綿不斷的雨，開始從那灰黯而陰霾的天空中挾著那可怕的響聲，落在那黝黑的原始叢林上，然後沿著那些寬闊的橡樹枝葉流入那正在汎濫的南高江……

於是，我們和所有的輜重部隊被遺留在為泥濘所禁錮，和聽不見砲聲的後方了！

我們抵達丁高沙坎時，已經是午夜。

落著雨，很清晰地聽到激烈而緊密的槍聲。天亮以前的夜是最沉黑的，但並不像黑絲絨或少女的眼眸；卻像一座陰森的墓窟。也許是我們追擊得太快，那拖著可怕而重濁聲音的一〇五野戰砲彈竟越過我們的頭頂，落在後面的叢林裡，使氣流中充滿木料燃燒的煙霧，以及敵軍棄下的屍骸所發出的那種腐臭氣息。

「這倒楣的地方！」彈藥箱旁邊有人憎惡地吐著唾沫，咒罵起來。

顯然其他的人都因疲乏而懶得說話，最多也不過略為移動身體，或用力收緊身上部塊雨布的領口；可是這個夜晚卻拖得那麼長，大家都感到不耐煩起來了。於是，有人接著說：

「假如今天在孟關不耽擱，現在總不至於連個窩也落不著。」

「聽說我們本來是開到孟關的。」

「住在孟關多好，孟關是平原，還有……」

「那我還是喜歡太柏卡！」是輕舒的聲音在說：「那條青色的河，那座浮橋。」

「如果灰沙少一點的話，我倒是情願喜歡利都。」

談話於是展開了，我們從地方談論到女人。天亮時，被密集的砲聲所止住了。

總之，丁高沙坎的確是一個該受詛咒的地方，我們被安頓在一個小高地上，下面是一條聒聒的河流。白天，我們整日在樹林裡開拓車道和建造工場，夜間還得提防那些四出騷擾的日軍散兵。密里爾准將率領的混合大隊和戰車第一營的輕坦克，將日軍第十八師團在瓦魯班殲滅，未及撤退的附屬部隊卻流散在叢林裡。他們曾經突擊修路的工兵，搶掠給養站；而最使我們關心的，是我們的哨兵被殺傷。

因為我們營地的面積很大，遭遇到這種不幸的事件之後，哨兵的人數自然而然地增加；這是一種比勞役還苦楚的工作，我們平均每個晚上要減少三小時睡眠的時間，去執行這個任務。

漸漸地，我們竟然習以為常了。

一個夜晚，照例，下著微雨。我被分派在離連部將近半里路的一條通往河道的小路上。我習慣地將身體躲藏在一棵粗大的橡樹後面，野狼的嗥叫和雨點落在枯葉上的聲音，已經不再使我感到驚駭了。

濕澀的薄霧在林木間瀰漫著……

驀地，我聽到輕微的，蠕行的聲音。及至我屏息著傾聽時，這聲音又靜止了。

我鬆弛下來，正要尋求一個合適的字眼譏諷自己這種緊張而近乎失措的舉動；這種使人寒慄的聲音又隨之而起，同時，還能聽到泥濘和枝葉擦動的聲音。

逐漸近了，近了。最後，我瞥見模糊的黑影正俯身從那條小路走過來……

我機警地將手上的傢伙提起來，厲聲喝問：

「口令！」

「……」

「不要動！」

「……」那黑影似乎昏惑地怔了一下，然後慌亂而困難地要想返身奔逃。就在這一瞬間，他在槍口舐吐的火焰和震撼著這個雨夜的槍聲中，發出一聲低促的呻吟，然後抽搐著，緩緩的倒在前面矮叢的旁邊。

對岸的猿啼囂叫之後，沉寂宛如一種沉厚得令人窒息的黏液似地，在空間流瀉開來。

我將身體貼靠在那棵粗糙的橡樹凸起的樹根後面，謹慎地偵伺著前面。一種習慣，也許是一種在戰地獲得的經驗阻止我立刻走過去，因為我不能肯定我是否已經將他擊斃；一個最優秀的射擊手也不敢在這個夜裡說這句話的。萬一這傢伙也持有武器的話……

我極力抑制著因過度激動而起的熱望，竦然注視著那片黝黑的矮叢。

很久，很久，在一次輕微的蠕動之後，有低弱的呻吟聲傳過來。

我想：可能這是敵人的詭計。於是我匍匐到橡樹的左面去，因為我能夠覓得一個更好的掩蔽和射擊的位置。然而，這種呻吟聲並沒有停止，它由低弱而變為一種駭人的哀號，是一種含有劇烈的痛楚的顫聲，有規律地從矮叢中發出。

現在，這種悽厲的叫喊竟使我昏亂起來了。我用手去蒙住自己的耳朵，將額靠在樹上，我聽見心臟的澎湃，我看見他——這個敵人——那蒼老的母親和妻子，白皙而肥胖的嬰兒，那朝夕企盼著而永遠不能歸去的家園……

我突然記起：我曾經看見過一位軍官槍殺一匹因受傷而擂動的馬，據說這是人道的舉動；因為這樣可以減少牠在垂死前所受的痛苦。

我將手中的槍抬起來。

「你不能這樣！」我向自己說：「他也許是受著輕傷。」

輕傷！那就是說能夠救治的了。我急急地站起來，向他跑過去。及至我快接近矮叢時，呻吟聲突然靜止了。一個急驟的意念在我的腦際掠過，挾著一種介乎衝動的力量使我停下來。然而，似乎已經太遲了，我錯愕地站著……

直至我回復了意識，我才發覺這是一種冒險的行為。但，我已經發現他並沒有武器；或者，他的傷已經使他沒有力量向我射擊了。

我向他走過去。

他驚懼地叫嚷著。

我已經站在他的面前了，他不斷地用手支撐著地面，將身體向矮叢退縮。在黑暗中，我不能辨認他的面貌和衣著，我只能說，他的右腿已經受傷了。我急忙跪下來，將他那被血漬和雨水浸濕的褲管撕開，用急救包將傷口包紮起來。當我替他包紮著綳帶的時候，我意識到他正惶駭地注視著我。

我抬起頭，笑笑，用一種柔和的聲音說：

「你放心，我們不會再傷害你的。」

他含糊地說著一些我聽不懂的日本話，繼續呻吟起來。

之後，我讓他喝一些水。等接班的衞兵來到之後，我們將他扶進營地裡。

五

他是一個瘦弱的年輕人。那頂骯髒的軍帽下面長著兩條濃黑的眉毛，對於這雙狹而長的眼睛，顯得有點不相襯；端莊的鼻子下面是一張薄薄的、拘謹的、被腿部的疼痛所扭曲的嘴，稀疏長著一些鬍髭；他的神情，正被未來命運的憂疑所籠罩著；身上穿著一套潮濕而滿是泥漬的軍服。他平躺在醫務室那具墊高的擔架上。醫官已經替他洗滌過傷口，而且很細心的重新包紮過了。經過幾小時沉迷的昏睡，他已經清醒過來；像是在追憶昨夜的經歷似的，他向這個低矮而簡陋的醫務室環視著，而且要想試著坐起來。

「不，你還得休息。」我伸手去阻止。

他困難地回過頭，發現我坐在他的後面，猶豫了一陣，他冷冷的向幕壁轉過去。當我燃起一支煙，遞給他的時候，他竟然動也不動。我想，這也許是俘虜在被俘時所必然發生發生的心理反常的現象。於是我隨手將桌上的溫度計放進他的口中，探探額上的溫度，極力向他表示一種友好的態度。但，他卻拒絕我替他換下那件潮濕的軍服，所以在我強迫著執行，將幾張日本軍用盧比和一本褐黃色的記事冊從他的內衣袋中搜出來時，他憤懣地瞪著我。我幾乎能夠從他的眼眸中窺見他那因恥辱而暴怒的，被抑制於緘默中的瘋狂了。我很想向他解釋搜查的原因；我想告訴他，我們要知道他的姓名、職級、年齡、籍貫、及隸屬部隊的番號，我們得向上級呈報；待他腿部的槍傷復元之後，還得將他送到後方俘虜營去，享受比這兒更好的待遇。可是，我不能夠表達出來。沉默了一陣，我無可奈何地離開醫務室。

已經好幾天了，我不敢再到醫務室去；但，我卻隨時留意著他的消息。這天早上，炊事班長用他那沙嘎的聲音繪聲繪色地告訴我這個日本俘虜的情形：他說他不進飲食，甚至拒絕醫官替他換藥，我們找不到一個懂得日語的人勸慰他。

末後，他脅肩笑著說：

「我說，你那幾張日本軍用票和……」

「——和你的算盤！」我補充著。

「呃，我說實在話；我敢說我出的是最高的價錢……」

「我還沒有這個打算。」

「三盾盧比還嫌少嗎？已經是二等兵將近半個月的薪餉啦！」

「……」我沉默下來，略一思索，便逕自向醫務室走去。炊事班長仍在身後喋喋不休地絮聒著。要我將那幾張日本軍用盧比給他。

自從他來到之後，醫務室已經變為禁地了，為了要減少他精神上的刺激，除了衛兵，連長禁止任何人到哪兒去。而我卻例外，或許因為他是被我俘虜的緣故。

看見我進來，他似乎感到有些不安，待我在身旁一隻彈藥箱上坐下來之後，他匆遽地偏過頭背著我。

停了停，我懇切地用簡略的英語向他說：

「鈴木先生，早安。」

他猛然回過頭，意態迫人地用生硬而發音不準的英語發問：

「你怎麼知道我懂得英語？」

「從你的記事冊裡。」

「唔，記事冊，那是一個很好的東西，你可以向人炫耀……」

我截斷他的話，緩和地說：

「不，它對於我是毫無價值的。」

「……」他抬起眼睛，凝視著我。

「所以，」我繼續說：「我願意還給你。」

當我將那本記事冊和那些日本盧比交還給他時，他的眼睛明亮起來，他興奮地顫著手去接住它。彷彿從信仰中接受平安的託付一樣，他那萎靡的神色漸漸在這些欣幸的意趣中散失了。他生澀地從那悽苦的唇邊掀起一絲笑意，喃喃著，而且迫不及待地翻開它。

「啊……」他一面翻閱，一面低喊著。

「這是令親嗎？」我低聲問。

「是的，」他拿起另一張細小的照片：「這是我的妹妹……」

「這張大的，我想就是府上吧？」

「是的，在東京……」

他的眼睛充滿淚水了。我說：

「日本是很美麗的。」

「你到過？」

「沒有，」我笑笑。「我讀過羅逖的《菊子夫人》。」

「啊！他將日本描寫得很有趣呢！」說著，他繼續翻開記事冊的空頁，像是在尋覓些什麼地再重複一次。然後，他疑惑地看著我。

「失落了什麼嗎？」我問。

「只是……」他比著手勢，訥訥地回答：「一小包……」

我從衣袋裡掏出一個細小的紙包，他搶著說：

「就是這個！」

「可是……」

「它是止痛藥，」他急急地補充道：「我的牙齒幾乎不能缺少它的；當它突然痛起來候，真是一件很可怕的事。」

於是，我將這包藥粉還給他。

接著，我繼續和他談些關於日本和他家的情形，臨了，我說會常來探望他，盼望他能早日痊癒。

他含著一個衷心感謝的微笑。

六

雨，一天天地下，他的傷一天天地好起來。

我也時常在空暇的時候到醫務室去走動走動。從他的嘴裡，我知道他生長在名古屋，後來才遷入東京的；他的父親是一位頗負盛名的醫生，所以他被送入東京都帝國大學習醫，而他那同時被派遣到中國的弟弟卻學造船；另外，他還有一個才八歲的妹妹。每次當他提及他們的時候，他總是絕望地垂下頭，黯然地說：

「我是永遠不會再看見他們了。」

有一天，我伸手拍拍他的肩頭，說：

「你從來沒有考慮過休戰？」

「它對於我是毫無意義的。」

「怎麼？難道你不想回到家裡去？」

「我想！但……」他痛苦地搖搖頭：「我不能！」

「誰能阻止你呢？」

「因為我是一個俘虜。」他瘖啞地回答：「皇軍是沒有俘虜的，三島的人民不需要一個儒夫，我應該在被俘的時候就要自殺。」

「為什麼？」

「為了效忠天皇。」

於是，他閉目靜坐，拒絕和我談話。

此後，我盡量避免這些話題，只從側面去安慰他，希望能藉此替他解除一些內心的矛盾；他似乎很了解我，這時，他總是緊緊握著我的手，說一些感激的話。

日子就這樣一天天地過去，雨水和泥濘封鎖了所有通到後方去的公路，我們吃著空投的K種給養，抽著那發霉的V牌香煙；工場的工作停頓下來，無聊得洗一次腳也變成新聞。而前方的部隊，卻在挺進。二十二師攻下瓦拉蘇（Walazup）之後，直下馬拉開（Malakwang）；三十八師一一三團亦緊迫大龍陽（Tarongyang）和蠻賓（Manpin），圍攻緬北第一個戰略據點

——加邁（Kamaing）。一一四團則從南高江東岸滲入庫芒山，向世界聞名的紅寶石礦場孟拱（Mogaung）突進。

他已經能夠起床了。為了防衛，我們不得不用鐵絲網將醫務室圍起來。為了這事，我正要向他解釋，湊巧他正靜立在門前，向著西北方默禱。

我離他很遠便站住，並沒有驚動他。直至他做完這種每日必修的工作之後；他很愉快地向我走過來。聽我說完了來意，他一面用手揩拭額上的雨點，一面用一種謙恭的態度答覆我：他說能受到這種優待，已經是感恩不盡了；他不敢想像日本人對待中國俘虜的情形。

我扶著他進入醫務室之後，他要求我送給他一支鉛筆，他說：「我想，我應該將許多事記載下來的。」

「還需要一些紙嗎？」

「我這個記事冊已經儘夠了。」

沉默一些時候，他突然問我：

「前方消息怎麼樣？」

「已經在加邁和孟拱的外圍了。」我安靜地回答。

他似乎很驚訝地諦視著我，然後喟嘆起來。用手指去翻動那本記事冊後面的空頁，他自語著說：

「那時，我還以為在這個上面應該記載加爾各答或者是孟買的。」他痛惜地閉起眼睛：

「我真不敢相信這些事情。」

「你們太自信了。」

「這就是我們的特性。」

隔了幾天。他突然在一天黃昏要我到他哪兒去。傳達的人走後，我匆忙地整理我的工作，隨即到醫務室去。我想他一定發生了什麼事，不然，在這種時候，我們是很難得會面的。

見了面，他馬上對我說：

「能給我一點酒精嗎？」

「你要……」

「啊！我的牙齒！」

「讓我替你去請醫官。」

「別麻煩他，這是老毛病，我還有那包藥粉……」他悽苦地笑笑：「它能替我解除一切痛苦的。」

將急救箱裡的酒精帶來給他之後，他留我在哪兒閒談。我們談菊池寬和武者小路實篤的小說，十四行詩，莎士比亞和易卜生的戲劇，他似乎懂得很多。在送我出來的時候，他將那本記事冊放進我的手中，熱望而誠摯地說：

「我知道你一定會好好保存它的，為了紀念我們的友誼。」

「你不需要它嗎？」

「在我的身邊，它會失去的。」

「你相信一定會……」

「當然，我早說過，我們日本人是很自信的。」

我們笑起來。

在門邊，他請求我明天來看看他。

「我會來的。」我說。

「至上的感謝。」他深深地鞠著躬，然後說：「再見吧，是我作晚禱的時候了。」

走出圍著鐵絲網的木欄，我再回頭時，他肅穆地向西北方站著，微昂著頭，一種堅定的什麼從他那沉鬱的眉宇間流露出。

雨水漸漸將他遮沒了。

一輛販賣煮食的木車從我的身邊推過，驟雨已停止了。陽光從那些低矮的房屋背後斜照著這條冒著蒸氣的道路，有幾個赤腳的小孩在水溝邊玩耍。

將那本記事冊放進衣袋，我立刻回到秋山書房去。

「你已經考慮過了嗎？」主人熱望地說：「我早說過，這個價錢絕對不會讓你吃虧的，你想，它的原價是兩磅……」

直至他發現我那漠不關心的神情而將話止住時，我說：

「我準備買下鈴木醫生的書。」

「啊……」他失望地低喊起來。

「當然，你還是可以賺到一點佣金的。」

「謝謝。」

「你能夠約他明天來談論價錢嗎?」

「一定,一定。」他欣悅地連聲回答:「我們等候你來吃午茶。」

第二天,我準時到神保町去。昨天我從秋山書房回來,曾反覆地思索了整夜。抗戰勝利後,我最先離開軍隊,那就是說,我第一個離開了那種已經成為習慣的生活方式,和所有的伙伴們;我到過許多地方,遭遇到許多幸福和不幸的事,然而,那本記事冊從未片刻離開過我,我永遠珍惜地保存著它。同時不斷地打聽與它有關的消息:我託過一位在日本留學的朋友尋訪鈴木永吉的家和他的親人,我想將這個不幸消息的始末告訴他們,免除自己內心中懸慮了這許多年的擔負。而現在我竟然無意中遇著了。我想,我應該設法接近他們,然後再找個適宜的機會向他們剖白。

所以當我向先來的鈴木醫生道歉之後,我很快地便用一個較高的價錢將那些書買下來了。我發現他不安地收下錢,於是我說:

「令郎回來以後,他一定會覺得難過的,這些都是他所珍愛的書。」

鈴木醫生沉思了一些時候，顯然他是被我的話而引起了惆悵，一種憂鬱的愁緒漸漸從他那蒼老的神態中散佈開來。他扶起桌邊的手杖，手指微微顫慄著，喃喃著說：

「他失蹤好些年了……」

「是的，秋山先生曾經告訴我這件令人痛惜的事。」

「可是，我總是確信他們會回來的。」

「他們？」

「我的次子在貴國大連。後來，俄國人將他們帶走了！」

「俄國人還沒有準備遣送俘虜呢！」

「……」他垂下頭，默默地凝望著地上。當秋山到前面去照應其他主顧時，他低聲向我道謝，然後將地址告訴我，摯切地盼望我能到他哪兒去坐坐。

「我會來的，」我說：「我相信府上一定還有許多書籍。」

「是啊，敝舍有一間小小的書室，那是長子的，可是已經空了許多年了……。」他悽苦地吁了口氣，握著我的手。「假如不嫌棄的話，我永遠期待著你的光臨。」

七

我在三天後一個令人愉快的早上初度拜訪鈴木醫生。他的家在神保町後面一條小而清潔的街巷裡；我很容易地便找到了，因為他所開業的診所是和住宅連在一起的。那是一個很幽靜的地方，門前有一個小得只能栽著幾株花樹和圍著兩個花圃的小院，那個狹窄的過道裡面，是一個方形的，類似客廳的候診室；有些古舊而細緻的傢具陳設在那光潔的地板上；右面是一條有著落地排窗的走廊，可以通至後院。當我走進來之後，一位十二三歲的女孩子笑著迎出來，她穿著一件寬大的和服，我幾乎能夠從她那雙秀麗的眼睛和整個熟悉的面貌上斷然說：她就是鈴木永吉的妹妹。

發現我在注視著她，於是她低下頭，溫和地問：

「先生是來看病的嗎？」

「啊，不……」我用生硬的日語回答：「我是拜望鈴木醫生的。」

引領我走入走廊後面一間光線充足的客室，她將一個上面放有茶具的漆器茶托擺在我身旁的小几上，斟上茶，然後輕聲問：

「先生尊姓是……」

「姓范。」

她似乎想了想，繼續問：

「只有一個字嗎？」

「中國人的姓大多是一個字的。」

「啊，請原諒。」她天真而含有歉意地笑笑，悄悄地退出去。

接著，鈴木醫生急急地走進來，看見是我，他興奮地搖著我的手。摯切地說：

「你真的來了！」

「太冒昧嗎？」

「哪裡，哪裡。」他詫異地聳起眉毛。「你會說日語呢？」

「學過一年，全忘了！現在說起來很吃力，原諒我在話裡雜著英語。」

「真是了不起的成績。」

互相寒暄了幾句，那位女孩子又端著兩碟糖食走進來。鈴木醫生接著說：

「這是小女千代子。」

「千代子，和相貌一樣美的名字，」我說：「她很像她的哥哥……」

「……」鈴木醫生不解地注視著我。

發覺自己失言，我連忙笑著補充著說：

「是嗎？」

「是的，像她的大哥。」老醫生淡淡地回答，像是在回憶：「也像她的母親……可是她的二哥卻像一頭狼……」

沉默著。喝了兩口茶，我要求參觀書室。

「假如沒有戰爭的話，她的大哥應該是一個醫生了。」鈴木醫生疲乏地站起來，帶我到樓上去。

那是一個面積不大的小樓，前後兩間。書室在前，後面是比較大的臥室。三面都開有窗，而且能從右面的矮盡桌前面看見沉靜的富士山。鈴木醫生說這是鈴木永吉的臥室。他向我指示著懸在牆上的照片和鏡框裡的獎狀。雖然已經好些年沒有住人了，但每個地方都打掃得十分潔淨，書桌上幾乎找不到一點塵垢。逗留了一些時候，我們才到書室去。

老主人拉開緊密的密帷，回轉身說：

「他喜歡藏在黑暗裡看書，他還是海洋詩社的社員呢。可惜你不能閱讀日文，不然，這個書架裡面的書你也會喜歡的。」

走近書架，我問：「在戰前學習英文的人多嗎？」

「也有，不過法文和德文比較普遍，現在不同了……」

「這是必然的，能適應環境，才能征服環境。」

鈴木醫生發出一聲短短的乾笑，在窗邊坐下來；意態頹然地低著頭，似乎要想從默想中獲得一些力量解脫一個新的困擾似地坐著，不斷地撫摸著椅子的靠手。忽然，他沉重地說：

「但，舊的日本被毀滅了。」

「……」我望著他。

「我並不盼望舊的日本再起……」他低緩下來：「我在惋惜那已失去的恬靜生活和舊有的道德。這是一件可怕的事情，假如一個民族失去了他那固有的精神……」

「是的，這是很可怕的，」我急忙止住他的話，說：「然而那更可怕的事情，卻發生在我們中國。」

「你是指共產主義？」

「……」我點點頭。

「任何一個喪失人性的主義，都不能在這個世界上永存的。我想，共產主義當然也不能例外。」

「日本人都這樣想？」

「很難說！這只是一個習醫和崇仰人道的人的看法；據我所知，大多數的日本人都害怕討論這個問題。有一部份根本對它不認識；而有一部份少壯的急激份子卻熱中於它。」

「麥克阿瑟應該注意這個問題……」

「監視和解散日共的組織，封閉它們的機關報，祇不過是將它們趕進地下而已。」輕喟了一下，他站起來說：「慢慢的你就知道了。」

「可是，我快要離開日本了！」

「……」他困惑地望著我：「你不是來日本唸書的嗎？」

「不！只是路過。我在等待臺灣的入境證。」

「哦……」他隨即陷入沉思中，好一會兒，他才遲鈍地抬起頭，淡淡地說：「臺灣是一個很美麗的地方。」

「我想是的。」

「……」

以後，我似乎感染著他的沉默，專心翻閱著那個棕色木架上的書籍。我曾經幾次回過頭去窺探身後的鈴木醫生，而他卻沉鬱地垂著頭，靜坐在牆角的靠椅上，深藏在暗影裡。

突然，他顫著沙嗄的聲音重複著說：

「是的，臺灣是一個很美麗的地方，他在信上是這樣寫的。」

我注視著他。

「我是說我的長子，」他輕聲解釋：「在調到中國去之前，他曾經在臺灣服務過一些時候，然後才……」

「……」

「這許多年，他應該回來了。」

我緊緊地閉起眼睛，我的靈魂感受到一種猛烈的震撼，伸手去扶著書架，我才慢慢地恢復過來。但，我仍無法掙開內心那種沉重的壓迫。我想，假如他發現他的兒子已經死去，而且是由於我將他俘虜而致自殺的話，他會怎麼樣呢？

「我不能奪去他的希望！」當我想到這件事情將會怎樣殘酷地摧殘這位老人的心靈時，我向自己說。同時，我用一種悲憫而肯定的聲音應道：

「他一定會回來的。」

鈴木醫生從椅子上站起來，我發現他那潤濕的眼角和含著悽苦神情的唇邊，淡淡的沾著一層笑意，他含糊地喃喃著：

「是的，他一定會回來的。」

自從那次拜訪之後，在鈴木醫生的家裡，我已經不是一個陌生的客人了。我幾乎將所有的時間打發在那黑暗的圖書室裡。而每次當我選擇了一兩本書，以一個較高的價格將它買下時，鈴木醫生總是露出一種謙遜不安的神氣。我發覺他的感情是蘊蓄的，他是一個不善於從舉止談吐中表現自己的人。除了一個和善的微笑，他整日沉耽於默想中。鈴木太太是一個典型的日本女人：緘默、拘謹、溫馴、永遠不願停息勞苦的操作，她不斷地向我探詢臺灣的消息和行期，處處表現著一種善意的殷勤。中午的時候，她會叫她的小女兒替我送來一碗甜的豆湯或者一碟可口的糕餅，有時也會堅意留我在那兒用夜飯。總之，她的相貌就如同她做人的態度一樣，是令人感到親切的，我在她的接待中，常常感到家的誠摯和溫暖。

日子一天天過去，一個新的困惑漸漸向我襲來，終於將我緊緊的包裹住了。我曾經要極力避開它，但當我從鈴木醫生夫婦凝視中了解他們的思想，而窺見他們那不幸的，顫慄於命運黑影下的靈魂時，我便被這個可怕的意念所攫捉了。

也許由於我時常到那個小樓上去，鈴木醫生那逐漸冷卻的感情在記憶的重現中甦醒過來了。那是一種不可思議的感應，在我有意無意接觸他的感情時，我敢斷言這是一種父性的，崇高的慈愛與關懷；一種抑壓後而企求獲得的慰藉。但我也看見他那絕望的痙攣和痛苦。

這是一個鬱悶的下午，我剛踏進鈴木家的前院時，千代子站在走廊的排窗旁邊，笑著向我說：

「范先生，你忘了答應我的事了嗎？」

「怎麼會呢，」我在走廊上坐下來，捉著她的手說：「我想我們在下星期一去看，也許會買到比較好的位置。」

「噢！那太好了！」

「千代子，妳以前看過寶塚的歌劇嗎？」

「看過的，」她急急地回答：「我記得在小的時候，大哥常常帶我去的，但是我看不懂；假如是現在，我相信一定更有趣。」

「妳喜歡妳的大哥？」

她跪下來，安靜地將那雙白皙的手放在懷裡，身上那套淺綠色的和服使她的臉色顯得有點蒼白。烏黑而整齊的童髮垂在耳邊，她有一個美麗的鼻子和薄而小的嘴唇，稚氣而純真的眼眸在那倏長的睫毛裡面深藏著一種喜悅。她微仰著頭，似乎在思索，當她的嘴角緩緩地泛出一點笑意的時候，她意態深摯地輕聲說；

「我們都喜歡他，他是一個很可愛的人。」

「……」

「假如你認識他，你也會喜歡他的。」

「當然，我是很喜歡他的。」我又問：「——他有愛人嗎？」

「如果他知道，他一定很痛心，」她低下頭：「已經和另一個人結婚了……」

我緩和地說：

「這樣一個可愛的人，還怕沒有女子喜歡他嗎？」

「不是女子，是音樂！」她抬起頭，認真地說。

「我不明白！」

「這是我們家中的一句笑話，因為女子並不喜歡一個整天靜坐的男人……」

「那麼他喜歡音樂？」

「他收藏有許多很好的唱片呢！哦……」說著，她興奮地站起來，拉著我的手說：「走吧！我們去聽，我能選出他心愛的曲子。」

在小樓的書室裡，千代子將右邊書櫥旁一個矮櫃的罩布揭開，裡面放著一具褐色桃木外殼的電唱機；式樣很陳舊，但從它的裝置上便可以推測到它對於主人的價值。插上電鈕，她在書櫥的下層堆滿唱片的木架裡，拿出一本封面燙金的厚皮紙套，將其中一張唱片放進唱機內，然後急急地走去拉起窗帷。

她在黑暗中低促地說，我聽到她那喘急的呼吸聲：

「這是他的習慣，」她說：「他喜歡藏在黑暗裡尤其是黃昏的時候，他說那時的富士山是深藍色的，還有那銀色的雪頂……」

接著，一種低沉的弦樂聲從唱機下面蒙著絲帘的圓孔中流出來。雖然我並不了解音樂，但我卻能夠從那些憂鬱的音符和那迷惘的旋律中，體味到一種悲愴的意味，它有類似日本歌曲的低迴的韻律，以及一些濃重得抒發不盡的憂愁。

我耽溺在這感人的音樂之中……

驀地，我聽到扶梯上響起沉重的腳步聲，小樓的門被輕輕地拉開了。從背後的光影我發現鈴木醫生已然站在門檻上，佇立了一些時候，他伸手去摸著門邊的木椅，然後安穩地坐下來。

音樂聲在這一樂章疲乏的和弦中靜止了。

千代子正要過去更換另一面時，鈴木醫生顫著蒼老而瘖啞的聲音制止她，他低喊道：

「關起它，不要再放了……」

接著，有痛苦的抽泣聲滲進這靜寂的空間……

八

我已經有好些日子不到神保町鈴木醫生哪兒去了，而且盡量避免憶及那天下午所發生的事情；然而那位老醫生愁苦的臉如同鬼魂一般終日浮現在我的眼前，同時我隱隱聽到那心碎而微顫的嗄聲，不斷地向我哀求著：「請將我的兒子還給我吧！」那聲音是永不休止地，挾著一種罕有的力量震撼著我的靈魂。我應該怎樣向他和自己解釋呢？奪去他的生命的，並不是我，而是侵略者所燃起的戰爭，正如今日的中國和整個被罪惡的紅潮泛濫的世界，多少兒女的生命和比生命更可貴的自由，被剝奪，被凌辱，被殺戮，這些可憐的父母們又應該伸手向誰去追討呢？

而我，卻是一個第二次從血掌中逃脫的人。

當我獲得這個解答之後，我漸漸平靜下來而將它淡忘了。但，臺灣的入境證仍毫無消息，雖然那位姓孔的秘書不斷的勸慰我們，然而我仍無法從這種枯燥無聊的生活中寧息內心的焦慮。

現在，我又開始從書籍中尋求寄託了。

這天下著微雨。我離開宿舍，正想到代表團的閱讀室去，聶威跟了上來，含有些兒詰問意味地向我說：

「嗨！鈴木永吉的事情怎麼樣？」

「我很久沒到他家去了。」

「所以我才問你。」

我看著前面，走了一段很長的路才說：

「我已經放棄那個計劃了！」

「啊……」

我們彼此沉默下來。

自從我在秋山書房發現鈴木永吉是鈴木醫生的兒子之後，聶威便很熱心地參與這件事。我將每日和他們接觸的情形告訴他，然後我們細心地研究怎樣進行這個計劃；怎樣將鈴木永吉自殺這回事告訴他們。這委實是一個很大的難題，況且那位可憐的父親總是那麼確信他們的兒子一定會回來；一旦將這個事實說出來，後果會怎麼樣呢？

所以，每次我們提及這個問題，聶威總是搶著說：

「我看暫時還是不要說的好，以後總有機會的。」

可是，目前的情況已經迫使我不得不放棄這個念頭了。

「我相信我已盡了最大的努力，」將心意說明之後，我問他：「你還能夠替我想出個更好的辦法嗎？」

「是的，你這樣做是對的。」聶威停下來，略一思索，他望著地下說：「就像一段沒有結果的愛情一樣，愈早分離，愈減少痛苦；因為你已經成為鈴木永吉的化身了。」

第二天的傍晚，那位年老的工役將一封信遞給我。

「這是你的信。」他好意地補充著說：「是本市的來信吧！」

那是一封簡短的日文信，下面的署名是鈴木健三個字，我突然被一種深沉的悲哀包裹住了，我顫著手低喊起來：

「噢！是他們寄來的！」我顯得有些慌亂地，將手上的信箋交給那位正用一種疑惑的眼光諦視著我的工役，急急地說：「請你給我看看，信上寫些什麼……」

他慢條斯理地戴起那副已經斷了腳的眼鏡，聳起那有些斑白的眉毛；那乾癟的，門牙已脫落的嘴蠕動著。

似乎只看了一個開頭，他說：

「是你的親戚嗎？」

「不！是一位到東京才認識的朋友。」

讀完了信，他將眼鏡謹慎地放入衣袋，然後謹慎地說：

「你們應該是很知己的朋友了。」

「是的，可是他說些什麼呢？」

「呃，他說十分想念你……」他重將信箋攤開：「他不知道你是不是已經到臺灣去了。不過，他相信你會到他哪兒去辭行的……呃，假如你還在東京的話，請你明天下午到他家去——呃，便酌……。呃，還有，他的太太和千代子問候你。」

「謝謝你。」我接過信箋說。

「千代子……」

「那是他的女兒。」

「哦……」他笑笑。「難怪你的日本話進步得那麼快。」

我不想分辯，只笑著走開了。

接連下了好幾天的雨，直至我到鈴木家去時還沒有停。電車經過皇城所給予我的印象是難忘的，那條暗綠色的護城河，那座彫塑精美的石橋，在這霏微的細雨中，曾逗起我憂國思家的深濃的愁緒。

走近簷下時，我發覺千代子從內屋迎出來，看見是我，她連忙跪在前廊上，溫婉地柔聲說：

「范先生，久違。」

我錯愕了一陣，她又說：

「你要被雨水淋濕了。」

「啊……」我愧疚而激動地向她走過去，欲語無由地凝望著她，半晌，我才悔恨地說：

「千代子，到寶塚看歌劇的事我忘了……，」

她惶惑地抬起頭。

「我們以後還可以去的。」突然，她畏怯地注視著我的眼睛，低聲地問：「你的眼睛裡面是什麼？」

「眼睛？」我重複著。當我正要抬起手，她已經替我拭去眼邊的淚珠了。我掩飾地說：

「啊那——那是雨水。」

「不！那是我！」似乎已經窺透我的心意，她微笑著解釋：「小的時候，我常常向人說我的眼睛裡有兩條小狗的。」

「……」我激動地張開手去抱著她的頭。

這天晚上，鈴木醫生夫婦親切而過份謙遜地款待我。我們盤膝坐在蓆地上，圍著一張矮的方桌；老醫生喝下好些酒，不斷地打著酒噎。他那雙蒼老而黯淡的眼睛在微醺的意態中明亮起來，滔滔不絕地敘述著戰前的生活；而那位可憐的母親卻緘默著，不時抬起頭憐惜地望著自己的丈夫和身畔的小女兒；當她轉頭用溫暖的目光包圍著我時，我發覺神色中包含著母性的慈愛的光澤。

飯後，千代子收拾了餐桌，然後擺上細緻的茶具。過道上掛著那一盞方形的紙糊吊燈，幽淡地照著外面的走廊。我們坐在原位上，細細地品著茶。鈴木醫生從深長的沉默中輕喟了一下，傷心地自語著說：

「現在，我們是多麼寂寞。」他疲乏地垂下頭。

「……」

停了停，他又喃喃起來：

「除了這個小女兒，我們便沒有任何一個親人了……」

「……」我安慰道：「永吉君和次郎要回來的。」

「不會的，這許多年了，我不能再欺騙自己……」他哽咽著：「我害怕這種等待……」

「……」

接連著一段冗長而令人寒慄的沉默。

「易凡君！」他低聲呼喚，直至接觸到我的目光，他用荏弱而含有哀求意味的口吻開始說：「所以……我是說假使你不見棄的話，我們盼望你能和我們住在一起……」

「我萬分感謝你們的美意，」我懇切地說：「因為我在東京不會逗留太久的，臺灣的入境證哪一天來，我就得在哪一天……」

「我知道，就是住一天也好！」他急急地截斷我的話，繼續說：「你應該了解我們的寂寞，而且，你可以隨意看所有你愛看的書。曾經讓你花費這許多錢，我感到很慚愧。」

「我怕我會打擾你們呢！」

「哪兒的話，我們應該感到榮幸，」一絲幸福的意趣從他的靈魂中升起來，他充滿了熱望說：「我知道你也是一個愛靜的人，這個小樓對於你，我想，那是再也適合不過的。飲食方面，可以另外替你準備一份中國料理。」

「你們這樣關懷我，會使我感到不安的。」

「這是我們份內的事，我們知道應該怎樣依照日本的禮俗去照顧客人。」

看見我靜默不語，鈴木醫生接著說：

「就這樣決定好了！」

「能允許我唯一的請求嗎？」我問。

「請說。」

「你們得收下我的食宿費。」我直截地回答。

「那怎麼可以呢！」鈴木醫生放下茶壺，詫異地問：「這是中國規矩嗎？」

「這僅是我的一點心意而已。」

九

先徵得孔秘書的同意，然後將地址留給聶威，我在第三天正式搬進鈴木醫生的家裏去。這樣說未免過於誇大，因為我到他們哪去的時候，和往常一樣，只不過手上多幾本從神田購來的書籍，以及到了東京才添置的日常用品，和幾件替換的衣物而已。依照那位老工役的叮囑，我先在市上買了兩把紅封的掛麵和一盒糖食，當鈴木太太和千代子跪在廊上迎接我的時候，我有些兒靦腆地放下手上的書籍和旅行袋，雙手捧著禮物給她，一邊訥訥地說：

「不要見笑……」

「喲，感謝，感謝！」她接過禮物，笑著問我：「這是誰教你的呀？」

「還用得著教嗎！我當然也知道應該怎樣依照日本的禮俗，去做一個客人的。」我誠摯地回答。

然後隨著千代子到小樓上去。

那間臥室顯然曾經重新佈置過，在那敞開的窗上垂著潔白的紗帘，隱隱看見右面湛藍的東巒；有幾枝雜色的花枝，典雅地插在那張矮書桌的藍磁花瓶內，光潔的蓆地上放著兩個繡織的軟墊，牆上掛著一幅橫條日本山水畫。整個看來，有一種說不出的和諧和幽雅的情調。

我回轉身，千代子蘊著一份狂喜的神態站在紙門邊，靜靜地偵伺著我。

「你覺得怎麼樣？」她輕聲問。

「太好了！」

「這是我自己佈置的。」

「哦！那麼我應該怎樣酬答妳呢？」我打趣地說：「小千代子！」

「為什麼要加個小字呢？」她不以為然地斜睨著我，「我已經很大了！」

「才十三歲！」

她羞澀地笑起來。

「好！我們不說這些。你說吧，你打算怎樣酬答我。」

「後天我們去看歌戲，還有……」

「夠了！夠了！」她阻止我說下去：「只要不忘記就夠了。」

說著，她返身輕輕地替我拉上紙門。

作客在鈴木家的生活是溫暖而平靜的，這兩位老夫婦終日持著一份鍾愛而摯切的心情關注我的起居飲食。當他們接近我時，從他們那略略顯得有些慌亂的神態中，我瞥見一種慈愛的光輝在那兩雙閃著淚光的，充溢著哀愁的眸子裡。我不能逃避這種情感，然而我卻愧於接受，因為那個不幸的記憶仍然那麼鮮明地在我的眼前浮現著，嚙咬著我的靈魂。

日子在我內心痛苦的抑制與懺悔中流過去。一方面我為著臺灣入境證的遲遲不下而憂慮，一方面卻為他們那過份的殷勤而不安起來；因為我了解他們的貧困，鈴木醫生雖然診治著許多病人但他卻履行著他所秉承的醫德和義務，所以他只肯收下僅足糊口的報酬，和一些不能推辭的禮物。他們節儉的程度是驚人的，幾乎是度著那類似西方清教徒式的克己的生活，而他們卻感十分滿足。

這天，鈴木醫生像是覺察到近日使我不安的情緒，在進晚餐時，他溫和地說：

「易凡君，近日你的精神並不十分好呢？」

「嗯……」我笑著解釋：「我想是因為失眠的緣故吧。」

「你又在為入境證發愁了，」他接著說：「遲早總會發下的，著急也沒有用。」

沉默了一陣，我生澀地說：

「最近國內的消息很壞！」

「內戰總不會好的。」

「你以為這僅是單純的內戰嗎？」我大聲說：「假如這麼想，那麼當那些赤色的細菌滲進朝鮮，滲進日本，滲進整個東南亞的時候，這個錯誤就不可挽回了！」

「……」

「原諒我說這些話。」我歉疚地說。

「用不著介意，這是必然的。」想了想，他突然變換一個話題，說：「你從來不開啟那個唱機呢，你喜歡它嗎？」

我感激地點點頭。

「那些唱片大多是簫邦的，」他繼續安靜地說：「我很喜歡他的曲子，也許是因為易於了解的緣故，貝多芬的卻不然……」

鈴木醫生正娓娓地說著，忽然門外來了一個神色慌張的中年人。他們低聲說了幾句話，事情似乎很嚴重。來不及戴上帽子，他便提著手杖跟那個人匆匆地走了。

我向千代子發問：

「是出診嗎？」

「這是常有的事。」鈴木太太笑著回答，同時向我慫恿道：「你可以在樓上聽聽唱片，早些休息。」

我在書室裡耽擱了很晚，鈴木醫生才回來，我隱隱聽到他在高聲談論些什麼似的，久久才沉靜下來。我換過一張唱片，將唱機的聲音旋低，正要返回那張高背的大坐椅上去時，樓梯上發出輕微的腳步聲。

紙門被推開了，我在黑暗中低聲問：

「是誰？」

「是我，小……千代子。」

「妳還沒有睡嗎？」

她摸索著走近我的身邊，興奮地喘息著說：

「我告訴你一個消息……」

「是什麼，快些說！」

「有兩千個日本俘虜要從俄國回來了，我的二哥也許是其中的一個呢！」

「這是誰告訴妳的？」

「是我的父親，他就是為這件事情才這麼晚回來的。」她繼續說：「不過，明天才能證實這個消息。」

我站起來，過去關上唱機，然後熱望地說：

「但願這個消息是真的！」

「我也這樣想！」

「妳掛念妳的二哥嗎？」

她俏皮地笑了笑，天真地回答：

「現在他不知道已經變成什麼樣了，小的時候，我記得我是很討厭他的。」

千代子下樓後，這個消息擾亂我的思想，在室內蹀躞了一陣，我重又倒在椅子上。

很夜很夜，我還聽到小街上的木屐聲，和樓下鈴木夫婦喃喃的祈禱……

這消息果然被證實了。在次日的早晨，鈴木醫生將那份朝日新聞在我的面前攤開，激動地指著右上角的大標題說：

「他們是乘坐俄國的貨船遣回來的，明天就可以到達神戶了！」

「那麼次郎君……」

「但願他們放他回來。」他憂戚地嘎聲說：「留在俄國的戰俘有好幾十萬呢！」

「……」

沉吟半晌，他自語著說：

「我總得到神戶的碼頭上去一趟的。」

跪坐在一旁的鈴木太太突然啜泣起來……

第二天的清晨，我已經和這位顯得憔悴，而在意態中攙雜有一些焦渴神情的鈴木醫生到達神戶了。昨天我要求陪他一起來，一方面我可以照料他，另一方面可以到神戶去走走。可是這天的天氣實在太壞，下著細雨，以致我們在車站上耽擱了好些時候，才找到我們要去的地方。

碼頭上的情景是令人不忍卒睹的：雖然離開那艘遣俘的貨船預定到達的時間還早，而它的周圍已經擠滿了由各處到來的征屬；他們沉肅而耐心地坐在那些木條和石堤上，那陰霾而寒澀的天空正如同他們那悲愴的心情一樣，緊緊的向他們壓迫者。微刮著風，雨絲斜斜地打在他們的身上。人群中，有好些龍鍾的老年人；在低泣的，傴僂而乾癟的老嫗；面呈憂色鬢髮散亂的婦人；茫無所知地偎倚在大人身邊的孩子。我們在一位正在低頭默禱的老婦人身邊蹲下來。在我們的對面，一位面色蒼白而清癯的女人將頭靠著燈柱，臉上是呆板而冷峻的，她可怕地張著那雙絕望的眼睛，大顆的淚珠不斷地沿著頰邊淌下來；她的身邊，是一位襤褸的，弓著身體嗆咳的老人。

這愁慘的氣氛在雨霧中凝固於如死一般可怖的沉默裡。

我緊緊地閉起眼睛，因為我感到一種強烈的悲切之情，在我那稚弱的靈魂中激盪。我在心中重複著：

「這些可憐的人啊！」

時間在等待中踽行，雨繼續在下……

午間買來的食盒浸在雨水中，鈴木醫生只吃了幾口便放下了。我不敢去打擾他；讓他安靜地凝望著悽迷的海面，沉湎於一個寂寞而深不可測的默想中。

接近黃昏的時候，碼頭前面突然有人發出一種尖銳而類乎癲狂的嘯叫；於是，人潮跟著瘋狂而紛亂地騷動起來……

那艘灰黑色的貨船終於隱約地在迷茫的雨霧後面出現了。

經過的情形是難以想像的，群眾深陷於無理性的激情中；在嘶啞地呼喊，在絕望地悲哭，在發出一種麻木的痴笑，不知所措地在擁擠。船靠岸之前，來了好些日本警察，用木棍強迫著將群眾逐出碼頭，持有武器的盟軍憲兵在周圍戒備，有好些官員和持有相機的記者神情緊張地奔跑著。當那些戰俘們魚貫地走下貨船時，騷動又隨之而起了。直至那灰黯的行列在雨中走出碼頭，才漸漸鬆弛下來。群眾匆遽地散佈在路的兩旁；他們高高地擧起手上的名字布幡，喧嚷著……

我和鈴木醫生擠站在一塊路牌的旁邊，注視著行列裡的人。他失常地搖著手上的布幡，含糊不清地叫著兒子的名子；他不斷地用手腕去揩拭頭額上的雨水，無意識地在空中揮動。

戰俘的行列是凌亂而狼狽不堪的：他們穿著破舊骯髒的軍服，歪帶著帽子，背著一個灰黑色的布囊。他們的眼睛顯示著憤怒，沉鬱地防偽一種冷淡而輕蔑的神態在人叢中走過。有好些征屬衝進行列裏去擁抱著他們的的親人；有好些已經尋覓著的，踉蹌地跟在他們的後面……

將要走完時，我們被後面的人潮推擁著向前移動，終而被迫著前進了。伸手去攙扶著鈴木醫生，我發現他的身體在顫抖著。

可是，這行列終於走完了。

鈴木醫生的腳步漸漸停滯下來，他回頭看看後面那已經空虛的泥濘的路，驟然萎頓地將頭倒在我的手彎上。

暮色漸漸地將我們埋葬……

一〇

返回東京，鈴木醫生病倒了，也許是因為在雨中著了寒。記得當戰俘的行列走遠了，他從困憊的痛楚中漸漸回復過來，他耐心地捲起手上的布幡，似乎要想從這種動作中激起一些足以將他振奮的力量似的遲疑著；他抬起頭，可是，很快地又從我的眼睛中逃開了。這之間，相隔者一段並不太短的沉默。

驀地，他用生澀的聲音說：

「他不會回來了！」

「也許在下一次……」

「下一次！」他急急地重複著。發出一個嘲弄的苦笑之後，他瘖啞地自語：「我害怕這種等待，我害怕……」

在回東京的車上，他就像來的時候一樣，只是靜靜地坐著，昏惑地凝視著手中的手杖。進了家，他幾乎話也不說便跪伏在那個小神龕前面默禱了。鈴木太太和千代子失措地用眼睛向我探詢，然後跪在他的後面。

這次默禱連續了好幾小時，他才悄然走入臥室。被這景象所駭住的母親和小女兒慌忙地站在我的面前。

猶豫片刻，我痛惜地低聲說：

「次郎君沒有回來！」

鈴木太太微微地痙攣了一下，向我行禮，走開了。千代子突然撲倒在矮花欄上啜泣起來。「千代子，」我過去撫著她的頭髮，勸慰著說：「他總要回來的，妳這樣會使他們更傷心的。」

「……」停了停，她揚起頭含糊地說：「昨夜，我夢見我的二哥站在一棵桃樹下面，我不敢告訴我的母親……」

「這是什麼意思？」

她稚氣地望著我，認真地解釋：

「夢見桃樹是不祥的，中國也有這種說法嗎？」

「我不知道！」我笑笑。「不過我不相信這些。」

「那麼中國也有神嗎？」她好奇地問。

「有！中國有很多很多的神。」

「那很可惜，」她失望地說：「我們日本已經沒有了！」

「誰說，天皇呢？」

「現在有人說他不是神！他也要吃飯穿衣服的。」她張大了眼睛，老老實實地回答。

這天晚餐的情形是很悽涼的。鈴木醫生破例沒有用餐，我靜靜地吃著；不時抬頭去望望那空的位子，和那位神情沮喪的老婦人。那個可怕的思想瞬即將我攫住了，我若有所失地放下筷，輕聲道歉之後，我悄悄地從蓆地上站起來，悄悄地走到街上去。

在神保町熱鬧的夜市中蹀躞了好些時候，我帶著一些佐餐的菜瓜和糕餅再回到屋裡來。

千代子引領我進入鈴木醫生的臥室。

「你又要破費了！」他勉強著坐起來，不安地說。

「這算不了什麼，我看你得繼續休息休息。」

「不礙事的，我實在太疲倦了。」

我環顧左右說：

「用得著我替你做些什麼事情嗎？」

「啊，不用費心，」他感激地回答：「她們會照顧我的。」

我發覺他那滿佈著皺紋的眼睛裡充溢著瑩亮的淚光。

由於這兩日的勞頓，我很快便沉入酣暢的昏睡中。第二天的凌晨，我突然被樓下的敲門聲驚醒。當我匆忙披衣下樓時，鈴木太太已經搶著過去開啟大門了。

「噢……」她駭然掩著嘴，失聲叫喊起來。

我看見她的臉色慘白，倒退至門邊，她捉著衣襟的手微顫著。一個身體結實的青年跟著走進來，他的服飾就如同那天在神戶所看見的戰俘一樣；膚色棕黑，那些沒有修刮的鬍髭上面，有著一雙炯炯有神的眼睛。他脫下頭上的軍帽，然後坐在廊上，將腳上那雙破爛的軍靴脫下來。他似乎並沒有理會她，便貿貿然地向內室走進來。

經過梯口時，他用一種不禮貌的眼色打量我。

「啊！那是次郎！次郎！」鈴木太太突然癲狂地向他奔過去，用力擁抱著他的身體，悲切地含淚叫道：「那是我們的次郎……」

這時，鈴木醫生已經扶著他的手杖從臥房裡走出來，微張著嘴，錯愕地站著。如同懷疑這是夢境似的遲疑了一陣，他才低弱地說：

「是……是次郎……」

「父親。」那個人將頭微微低下，淡淡地招呼著。

鈴木醫生惶惑地移近一步，繼續問：

「前天……」

「是的，前天在神戶我曾經看見你。」

「你看見——」

「看見。」他冷冷地說：「昨天我便回到東京。」

「你沒有回家來？」

他放下他母親的手，將放在前廊的行囊提進來，一邊脫開軍服，一邊說：

「我抽不出時間，為了以後的聯絡，我們在東京的同志開了一次集會——他媽的！日本要變成美國人的世界了！」

「……」

「呃！你們去通知丸井家，」他接著喃喃起來：「丸井良三在船上自殺了。那個沒出息的落伍份子！頑固，沒膽量，垂死的時候，沒有一個同志同情他。不過，也好！免得以後丟醜。」

說著，他自管自地往浴室裡去。

鈴木醫生看看他的妻子和女兒，然後帶著些兒憂鬱意味的喜悅向小神龕走過去。

千代子走近我，怯怯地輕聲說：

「我害怕他呢。」

「慢慢就不會了。」我撫著她的髮。

午餐時，他們為次郎的歸來添了些菜肴；鈴木醫生還特意備了一瓶酒。當他替我向次郎介紹和簡單地說及我的情形之後，次郎漠然地將眼睛移開，喝了幾杯酒，他忽然挑釁地說：

「你要向臺灣逃嗎？」

「不！我要到臺灣去。」我更正他的話。他似乎被我的平靜所激惱，他惡意地瞟了我一眼，大聲說：「那又有什麼分別！國民黨政府逃到哪兒都會被殲滅的！」

「你敢那麼肯定的說嗎？」

「我是根據事實。」他得意地點點頭。

我抑制著憤怒，用溫和的口氣問：

「從我國人嘴聽裏來的事實！」

「總不像資本主義者的空口論調吧！」

他陰鬱地笑起來。鈴木醫生急急地舉起杯子說：

「來，來，我們不要談這些無味的事情。」

然而，這種辯論仍進行著。他粗野地嚼著一塊肉，又問：「你同意我這句話嗎？」

「我明白。」我回答：「而且我十分了解共產主義。」

「哦，真有這回事？」

我笑笑，然後沉著地說：

「我先問你，什麼地方使你這樣醉心於它？」

「沒有理由！」

「盲目地信仰嗎？」

「不！我是說沒有理由！」

「最低限度，你了解這種主義在俄國是怎樣一回事？」

「那當然！」他興奮地說：「我參觀過那些偉大的工廠，偉大的集體廣場，還有那些偉大而有秩序的社會。」

我放低聲音說：

「那麼你也看見那些偉大的流放在西伯利亞的勞工，那些偉大的被整肅的共產黨員，以及那些偉大的鐵幕逃亡者嗎？」

「……」他低頭不語。我知道他在細心聽我的話，於是，我接著解釋道：

「假如你看見過這些，你便會相信它不能永存於這個世界。它重視物質而泯滅人性；它要將人類變成機械；它製造矛盾，讓人類互相猜疑，互相仇恨，互相殘殺，然後它利用這種矛盾統治人民。受騙後的容忍和緘默有一定限度的；人民終有一天會醒悟會反抗，會撲滅它。」

他忿然地站起來，單獨地走出去了。這種場面使我很難堪，我歉疚地正想向鈴木醫生和那位怔忡不安的母親道歉時，主人懇切地按著我的手說：

「易凡君，我同意你的話。你不會責怪他吧？」

「我不應在這個時候說這些話，他一定會感到難過的。」

「你這些話是對的，我看他的神氣簡直就像個共產黨！」

「受影響是難免的，我相信他會漸漸地平靜下來。」我說。

「以後你可以不去理會他，」鈴木太太輕喟了一下，插嘴說：「他依然沒有改掉他的那種橫蠻無理的脾氣。」

「也難怪，」老醫生補充道：「當兵和做俘虜只有使他更瘋狂而已。我沒有碰見過一個和善的軍人……」

「永吉君不是……」我連忙住口。

「他嗎？」他看看我。「服役之後他便被調到臺灣去，我想他總會比較和善一點的。」

這位母親感慨地說：

「現在，只等待他一個人回來了，」

「也該要回來了……」這是鈴木醫生蒼涼的聲音。

一一

然而，鈴木次郎並沒有平靜下來。

這些日子裡，他的神色始終蒙在沉鬱的暗影中；他那兩條濃黑的眉毛整日在攢動著，似乎要掩蓋下面那雙為一種狂暴的激動所燃燒的眼睛似的；而在它靜止的時候，我瞥見一些不可解釋的矛盾與迷惘的光澤，呆滯地在那雙眸子裡面浮動。他心神不安地像是要作些什麼，可是跟著又絕望地放棄了。他不斷地用一種最粗鄙的話咒罵裕仁天皇和執政的政府；他憎恨所有的佔領軍和那些「不要臉的」職業女人；他用野蠻暴燥的態度對待他的父母和那個受他使喚的妹妹；他恣意毀壞傢俱和用物，發洩著那種強烈的沒有由來的憤懣。每個夜晚，他都喝得爛醉才回來，含糊不清地唱著軍歌，發出那種重濁可怕的笑聲，於是再開始大聲詛咒政府和美國人……

到後來，總是重複著那句話：

「馬鹿！總有一天……」

而這位可憐的鈴木醫生和他的妻子卻緘默著，容忍他所有的過錯；無尤怨地以那種誠篤而豐盈的熱愛去安慰他；他們終日怯怯地窺伺著他的神色，要想從他的神情和一些無關痛癢的舉止談吐中了解他的思想，以及那變幻莫測的情感。漸漸，他們發現那駐留在記憶中的情景是無法追回的了。於是，他們靜靜地跪在小神龕的前面，接連著那永不休止的祈禱。

一天，當次郎忙亂地吃了早飯，匆匆地走了之後。鈴木醫生憂怯地沉下聲音說，聲音顯得有些乾澀：

「近來他整天往外跑！」

我不便說什麼，自從那次不愉快的辯論之後，我很少和他接觸。一方面由於他的規避，一方面卻是我在避免那種必然的衝突。起先，他總是用一種輕蔑而傲慢的神態對待我，而我卻永遠保持著那份友善與鎮定。慢慢地，我發現他動搖了。每次遇見我或共處一室時，他顯得有點不安，他不敢接觸我的凝視，一種奇異的情緒在困擾著他，因而對我戒備起來。現在，我只好說：

「是的，次郎君像是很忙。」

「他忙些什麼？天知道！」停了停，他又說：「我在替他擔心，假使……」

「假使給他找個工作，也許會好一點。」我接著提議。

「工作？我曾經託人在造船廠替他設法。可是很難說，失業的人太多了。」

「……」

「嗯，我真替他擔心！」沉吟半晌，鈴木醫生又將那句話拉回來：「他們天天在鬧事……」

「你說誰？」我低促地問。

「還不是那些才回到國內來的退伍軍人！」他繼續說：「最近報紙上都是這些消息：他們在公共場所公開演講，搗亂議會，拆毀佔領軍的通告牌，還到處打人……」

「哦，這倒是一件很嚴重的事。」

將一張摺起的報紙塞給我，他輕喟著說：

「當局要採取行動了，你看吧！」

「可是次郎君不一定是跟他們一起吧？」

「準不會錯。」他肯定地回答：「從他那些話裡，我聽出他正是在做這些違法的事。」

「我想，你可以勸導勸導他。」我說。

「勸導他？」老醫生揚起頭：「他幾乎要勸導起我來了。」

這次談話後的第三天，我提前等候在街口一家雜貨店的簷下。當我看見次郎走出來時，我故意向他走過去。

「次郎君，」我很禮貌地招呼道：「又要出去嗎？」

遲疑了一下，他為難地應著：

「是，是的，有些要事。」

「我可以和你一起走幾步嗎？」我微笑著問。

「隨你的便吧！」他淡淡地回答。

於是我們緩緩地向神保町走去。沉默一些時候，我轉過頭去看看他，然後注視著前面說：

「聽說最近你們幹得很出色呢！」

「你不以為然嗎？」他發出一聲不自然的冷笑。

「沒有人能夠阻止你們，不過……」

我發覺他的腳步慢下來。我跟著說：

「最好能夠留意一點。」

「這是你的警告！」他在路邊停住，悻悻地注視著我。

「不！這是我的忠告。」我緩和地低聲說：「我應該說，我很了解你，因為我也是一個退伍軍人。日本的戰敗，當然是使你痛心的；可是，你應當承認這個錯誤和接受這個教訓：侵略者必敗，這是真理。你應當將自己所有的力量貢獻給新生的日本，像所有的人民一樣，在困苦中為它的復興而努力——但，你並不這樣想……」

「……」他將眼睛垂下來。

「你要將那些赤色恐怖傳染給你那正在努力復興的祖國，你要使這個社會混亂，然後……」

「我沒有！」他乏力地叫道。

「不要替自己辯護！」我平靜地說：「良心是最好的證人。」

他痛苦地扭轉頭，踉蹌地向前走了。直至他的身影在人叢中消失，我才回到屋裡去。……

以後，我和鈴木醫生一樣，每日留意著報紙上的消息，和暗地窺察他。顯然的，他漸漸變得消沉了。或許是因為連續著有好些搗亂的急激份子被捕的緣故，但，我不敢說我的那些話對他毫無作用。

八月的末梢，東京的氣候已經有涼意了。這天起床以後，神情感到有些不適，像是預示著某種不幸即將到來似的。於是我急急的穿上衣服，準備約千代子一起到郊外看紅葉。當我們出發之前，門外進來兩個穿著並不整潔的青年。

「嗨！次郎在家嗎？」那個較矮的說。

「在睡著呢。」千代子回答。

「我們找他有要緊的事，妳叫他快些出來！」另一個不耐煩地催促，在前廊上坐下來。

次郎很快地走出來。我看見他在勉強裝出笑容，而那兩個人的臉色很壞。他們低聲交談幾句之後，次郎便無可奈何地跟他們走了。

在電車站，千代子對我說：

「他好幾天沒有出去過呢！」

「你認識來的那兩個人嗎？」

她搖搖頭，模彷著鈴木醫生的神態說：

「唔！還不是那些退伍軍人！」然後笑起來。

由於千代子的要求，我們改變到上野公園去逛動物園，然後再乘地下鐵道電車到淺草，午後才回神田。

聽見我們走進前院，鈴木醫生急急的迎出來。

「剛才有人找你。」他訥訥地說。

「找我？」

「呃！這是他留下的名片。」

我接過來。是聶威的，背後有幾行字：

易凡：臺灣入境證已下，準於明晨赴長崎候船，請速返。祝

好

聶威留

我抬起頭，鈴木醫生含著一個苦笑說：

「你真的要走了！」

「是的，」我笑笑。「我不能再打擾你們了。」

「我不能說什麼……」他拉著千代子靠近自己，抑制著欷歔。「我們在一起是很快活的，你走了，我們又要感到寂寞了……」

「我也不能說什麼，我會永遠銘記著你們和這些日子。」

進內屋後，他說晚上要為我餞行，我婉言謝絕了。因為我還得有充份的時間回代表團去辦理應辦的手續。

在小樓上，我有載負不盡的惆悵。拉開窗帘，我凝視著那遠遠的，莊嚴靜穆的富士山。

突然，背後發出輕輕的聲音：

「是深藍色的嗎？」

我回過頭，千代子安靜地站在門邊，就像那天我搬進來時一樣。不過現在那份喜悅已經從她的意態中散失了，有淡淡的愁緒在她那噙著眼淚的眸珠中瀰漫開來。

注視良久，我忽然記起她的話，於是，我故作輕鬆地說：

「妳的眼睛裡面是什麼？」

「是眼淚，是你的影子。」

「……」

「母親告訴我分別的時候是不能哭的，要不然，便不能再看見分別的人了。所以……」她哽咽起來。

「所以妳不要哭才是呀！」

「我在笑，我沒有哭，你看！」說著，她從那個美麗的嘴角掀起一個在微微搐動著的，悽涼而慘澹的笑；而眼淚卻不斷淌下來。

我走過去，激動地抱著她的頭。當我再注視她的臉時，她低緩地說：

「怎麼！你的眼睛……」

「是的，小千代子。我哭了！」

「你不想再看見我嗎？」她追問。

「我當然想，」我瘖啞地回答：「但，中國人的說法是和妳們相反的。」

「假如我們也跟你們一樣就好了！」她扭轉頭，急急地返身往外走。

收拾起自己的零物，我依戀地在小樓上逗留了一些時候，然後到樓下去。

「還有你的書？」鈴木醫生站在梯口說。

「那是永吉君的，」我深摯地回答：「我不能帶走。」

一種感激之情在陷入離別淒痛的老醫生的神態中震顫著，他看看身畔的妻子。嗄聲問：

「一本也不帶嗎？」

「太多了！在我的記憶中，我已經將這整個屋子帶走了。」我含蓄地說：「還有窗子外面的富士山……」環顧左右，我問：「呃！千代子呢？」

「她藏起來了。」鈴木太太說。

「怎麼，她不願意向我道別嗎？」

「她說在樓上已經向你說過了。」

「哦……」

外面突然有沉重的叩門聲。我們互相望望，便一起到前廊去。

一位警察站在門檻上，他直截地說：

「是鈴木家嗎？鈴木次郎被捕了！現在已經解到總署去了。」

我正想發問，他已經回身走了。錯愕了一陣，鈴木太太遽然哭泣起來。老醫生悽惶地凝視著前面，沙啞地自語道：

「我早知道會有這一天的！」

「……」

「不過，這也好，他還得接受一些教訓。」說著，他振作地向我伸出手，顫聲說：「你不能再耽擱了，珍重。我們替你祝福。」

走時院門，我的眼睛已經充滿熱淚了。

回到代表團的宿舍裡，聶威用力拍著我的肩頭說：

「我以為你樂不思蜀了呢！」

將他拉到外面，我將鈴木次郎被捕的消息告訴他。然後說：「我不能失去這最後一個機會，是不是？」

「現在他在哪兒？」

「警察總署。我想今天不至於解到另一個地方去吧！」

聶威瞇著眼睛，摸摸下巴，思索了一些時候。

「好，我們走！」他熱望地說。於是，我們匆匆地到代表團去。

我們先去見孔秘書，費了不少周折，直至傍晚時候，才隨著新聞室裡的一位日籍雇員到總署去。

我終於見到了鈴木次郎，在一間狹小而隔有鐵柵的談話室裡。看見是我，他似乎很驚訝。我連忙說：

「次郎君，我特地來向你辭行。」

「辭行？」

「是的，我明天早上要動身到臺灣去了，」我說：「下午從府上得到這個不幸的消息，所以我設法趕來。」

「……」他沉默著。

「最大的原因，」我繼續以平靜的聲調說：「那是——今天，我不得不將在心底蘊藏了五年的秘密告訴你……」

他回過頭，疑惑地注視著我。

我感傷地垂下頭，開始向他敘述那個故事……

再抬起頭時，我的嗓音已經瘖啞了。從衣袋裡將那本記事冊掏出來，輕輕地撫摸了一下，我謹慎地遞給他，同時說：

「五年來，我始終感到這是一種責任。現在，我將它交還給你，我相信你一定會像我珍惜它一樣地珍惜它，而且能夠負起它所給予你的責任：因為你的家庭和你的祖國，正等待著你那真實的靈魂歸來。」

一二

這是一個有霧的清晨。拉起衣領，我仍感到有些寒意，電鈴響過之後，我隨著四位同伴進入東京車站的月臺，當我正要跨上車廂時，背後發出一個熟悉的聲音：

「易凡君！」

回轉身，我發現鈴木醫生夫婦急步向我走過來。

「我總算找到你了！」

「你們何必趕來呢。」

「難道可以不來送你的行嗎？」說著，他將手上的紙盒遞給我。

「啊……」

「這只是一點意思，」他接著從衣袋裡拿出一個小巧的，穿著和服的小玩偶，愉快地說：「這是千代子送給你的，她要你永遠記著她。知道嗎——這是日本女孩子的花樣……」

我接過來。鈴木醫生又說了。

「最後，呃……」他放低聲音說，一面將一隻細小的紙包拿出來，按在我的手中：「這是鈴木家給你的紀念品，這是世界上最貴重的，也只有你才配接受。」

他嚴肅地注視著我，眼睛中有明亮的淚光。

「你拆開它吧！」他摯切地說。

我遲疑一下，隨手將它拆開。那紙包裡面正是那本褐黃色的記事冊。我囁嚅地問：

「他已經……」

「我們全知道了！」鈴木醫生真摯地回答：「現在，我不能向你說些什麼，語言上我找不到一個合適的字感激你——是的，永吉已經死了，可是你使他活著再回到我們的身邊來。」

「……」

「如他所說：你一定會好好的保護著它的，而且，永遠記著我們……」

「是的，我會永遠記著你們！」我重複著那句話。

列車緩緩駛出月臺。

在它的後面，是霧的東京，和那再也看不見的富士山。

民國四十一年三月廿四日深夜完稿於北投大屯山麓

血旗

民國四十三年度中華文藝獎金得獎作

一

我茫然若失地開始移動著腳步，走出第四號碼頭為這個難忘的日子佈置的臨時會場，走進外面寒洌的風雨裡去……。

外面刮著風，下著雨。基隆總是像一個固執而有壞脾氣的老頭兒，難得有好臉色。當然今天也不例外；人們可以從這陰沉的，低低的，堆塞著烏黑的雲塊的天空，意想到這場風雨會連接著好幾天的，如同碼頭上的熱潮一樣。

我走出去，歡迎會在我的背後熱烈地進行著：激奮、癲狂、完全陷入一種令人難以想像的氛圍裡。——一種灼熱的，罕有的騷動；那些有力的在發狂地揮動的手臂，激動的叫囂和嘶啞的呼吼；那些噙著熱淚的笑語、震耳欲聾的鞭炮、雄壯的歌聲、軍樂的鳴奏……

現在，這些聲音，像是驟然失去了它們原有的意義，漸漸滙進一種奇異的靜謐裡，它們從我的聽覺中消失了，在我目前所持有的，這個空虛而麻痺的世界裡。

我擠出人群，踽踽地沿著碼頭上狹窄的鐵軌向前面走著。空氣是潮濕而帶有鹹味的，夾雜著濃烈的火藥氣息。我走著，緊密的雨絲斜斜的打在我的臉上，從我那拉高的雨衣的領口鑽進頸項裡去。但我並不感到寒冷，只是不自覺地將眼睛微微閉合起來。

我看見那凝在睫毛上的水珠，逐漸變大，聚結成一顆明亮的發光體，然後突然像殞星般滑落下去……。

新奇的感覺。

於是我開始注意地面上稀薄的泥濘、鞭炮的紙屑、菓皮、狹長的小傳單；還有那摺皺而浸濕的報紙（是那些歡迎者剛才頂在頭上遮雨的，上面刊載著這個偉大的消息，旁邊還附有大幅的圖片）；我看見那些沒有穿雨衣，用急步走路的美軍護送人員，一位下士在捧著攢炮，其他幾個黑人在圍著喝臺灣啤酒；我看著那幾艘停泊著的灰色的大登陸艇，那些倚立在船舷的日籍船員冷漠的凝視，那迷濛而洶湧的港面……

驀然，這些景象奇怪地被扭曲了，變得模糊了，我瞥見——異常真切地瞥見，他那可憎的容貌，慢慢的從這混沌的虛幻中顯現出來。

我說他的容貌可憎，並非指他的樣子醜陋；以一個男人的批評角度來看，他雖然不能列為俊美的那一類，但，無可否認的，他的面容蘊藏著一種力量，尤其是當他含著輕蔑的笑意對某一事物表示他的見解時，他那種傲慢而帶有挑釁意味的態度，更令人心折。他有一雙並不十分大的眼睛，永遠有一種什麼潛藏在裡面，它們批判和否定著一切東西；他的眉毛和鼻子卻極不相稱，前者太濃，眉心是連接著的，而後者卻過大，屬於獅鼻那一類型，鼻孔向上翻著，顯示他易被激動；他的嘴，大而柔軟，上唇薄薄的，十分紅潤，當它笑起來的時候，那排細小而整齊的牙齒便顯露出來了。

「這會是他嗎？」我重複地詰問著自己。

但，我隨即——幾乎是不假思索的，我帶著憤怒的神情答覆這句話。我敢肯定的說：絕對是他！我不會忘記這個可憎的面容的。而且，我已經從他的反應中得到證實了。

今天，和所有的歡迎者一樣，我很早的便冒著風雨從臺北趕到這兒來，當我在前三天接獲文藝協會的通知時，我便作了這個決定；同時，我最近才進《××晚報》做一個實習記者，這正是我份內的工作。我不能放過這個千載難逢的好機會，我要寫一篇動人的特寫，將義士們抵達國門的盛況，報導給渴欲獲知實情的臺北市民。

我擠在歡迎的人群中，鵠立在風雨下面，直至我們發現第一艘登陸艇的暗影從濃密的雨霧後面出現……

接著，騷動被掀起了。我和所有的人一樣，完全失去了控制自己的能力，我第一次發現自己是一個易感的人，我被一種奇妙的情感燃燒著；不只一次，我毫不掩飾地（沒有一點羞怯的感覺）用手背揩拭著眼角的淚水。

登陸艇靠岸了。那些穿著黃呢軍服，歷盡艱苦，從死亡與奴役的血掌中逃脫出來的反共義士們開始走下跳板了。他們的本身，包含和表現著一切光榮的意義；從他們那由於過度興奮而變得迷惘的臉上，我能找到一切為我們失落而正要追尋的——我不能解釋，正如現在我再也不能理解人類所能承受的歡樂的最大限度一樣。

現在，義士們開始向這被人群擁擠著，而為他們分開的小道走過來了。隊伍的前面揚著一面他們手製的大國旗，用軍毯和布片鐵罐綴成的總統肖像；後面，是莊嚴的軍樂隊；那些樂器，是他們在韓國俘虜營裡將僅可利用的工具和廢物製成的；喇叭的圓管上可以看見罐頭食物的英文標誌，還有油桶外殼造的鐵鈸，形狀奇怪的小軍鼓。他們莊嚴地吹奏著，踏著沉重的步伐在我們的面前走過。我不能覆述他們臉上的神情；他們挾著太多的激動和些微忙亂走著，依次接著歡迎者伸向他們的手，接受我們的歡呼和慰問。其中有些手上拿著宣傳品的，含著感人的笑意將他們從船上準備好的油印信、宣言、和細小的傳單，塞進我們的手裡……

他們一隊一隊的，連續不斷的在我們的面前走進碼頭倉庫佈置成的臨時會場裡去。第二艘登陸艇接著出現了。

當這天到達的最後一艘登陸艇上的義士將要下完時，我仍然站立在雨中，我並不感到絲毫厭倦和疲憊，反而愈加激動；不只一次，我有衝出去擁抱他們的慾望，我看見他們笑著，淚痕爬在臉頰上；一位年老的義士（七十歲左右）舉起他那枯瘦而在顫抖的手，沙啞而喃喃不清地呼喊著，最後，他抱著一位年輕的歡迎者悲痛地哭泣起來……

他們繼續在我們的面前走過去……

突然，我看見了他。

這會是他嗎？我問自己。但，不容許我思索他，已經走到我的面前了。我沒有向他伸出我的手，只是木然地向他諦視著。我看見他顫慄了一下，臉色驟然變得異常蒼白，他的嘴唇——大而柔軟的，薄薄的嘴唇，微微地痙攣著，像是要想說話；他的右手要提起，跟著又緩緩地放了下來。

我不作聲，依然用嚴厲而輕蔑的目光注視著他。

這只是一瞬間的事，他被隊伍擁著走過去了。我望著他的背影，我看見他並沒有再去握那些歡迎者伸給他的手，只是機械而冷漠地走著。

我知道他在想些什麼。

為什麼我不知道呢？我是唯一的一個能夠了解他的人，同時，我曾經說過，我不會忘記這個可憎的面容的。

沒有理由使我忘記那些令我感到悽痛的往事——

二

第一個印象是很重要的，人們往往在一瞬間決定一件事情，或者是結交一個朋友。對於他，我便是這樣。在認識他之前，我否定所謂同性間的引力，我認為這就是男人與女人的區別；也就是說，我從未被任何一個男人吸引過——我所說的吸引和敬慕欽佩是不同的，它應該還含有一點神秘的、愛戀的情愫。所以，直至現在，我仍不能替自己作一個肯定的答覆。

總而言之，像磁石一樣，他有一種內在的含蓄的力量；這種力量我能從他的舉止談吐中覺察出來。

計算起來，這應該是七年前的事了。

抗戰勝利復員後，我再回到學校繼續完成我的學業，但，我的功課在戰爭中早就忘得一乾二淨了；因為當一顆子彈或一小塊炮彈的破片貫穿我的腦子和胸膛之前，這些東西對於我是毫無幫助的，所以我從這種慘酷的現實中學會了許多求生存的技能。這種技能對於當時的我，亦即是X＋Y、某某定律在戰爭中對於我一樣。我變得無知，渺小，我得開始從陌生的生活中慢慢找尋一些能使我振作起來的東西——雖然，我並不知道這些東西是什麼。

我現在姑且將它當為一種刺激吧。

對的，刺激，它的本身就是一種刺激。

說實話，在戰場上看過人屠殺人之後，醫學上的生理和病理解剖不能引起我絲毫興趣。然而，我終於決定到這所醫學院裡來。當我從上海乘京滬車到鎮江，再從車站步行到北固山麓的校門時，我對於自己這種近乎惡作劇的舉動感到異常驚訝。

辦妥一切繁複的註冊手續，我疲乏地提著行李，用手拐推開第十七號宿舍的房門。

這種景象是非常令人失望的，小小的一間房子竟堆著四張雙層的木床——都靠著牆，留出當中的空位放兩張大書桌，凌亂得使人懷疑這是儲藏室，牆角，床架？到處拉著繩索、燈線、掛著各式各樣的衣物；幾乎每一立方寸的空間都被利用了。

我側著身體——因為手上提著行李——從木床與書桌之間的走道中走過去，才發現旁邊牆角還有一張空的床位，而且，我這才發現他在整理著下舖的被褥，背著我，像是並沒有發覺我站在他的後面。

但我剛放下手上的行李，他忽然用平淡的聲音問道：

「你這個時候才到？」他說著，仍然沒有回轉頭，繼續在舖平他的藍格子床單。

「嗯，是的。」我應著：「我走錯路，所以……」

「初次到鎮江吧！——你該叫一輛車子。我想，從車站到這兒，不會太貴吧！」

我以為他誤會我吝嗇，於是我掩飾地笑著說：

「我認為走走也很有趣的。」

「這主意不壞！」這時，他的工作算是完畢了。他伸直腰，拍拍手掌，然後若無其事地回過身體望著我。

這不就是他嗎？在車站我曾經向他問路，他搖搖頭——我差一點詛咒起來。可是，他臉上沒有一點表情，除了嘴角上流露出一些捉弄的意味之外，他就像一個天天和我見面的老朋友似的望著我。

「我以為你在車站時應該告訴我的！」我開始用一種怨恨的聲音說話了。

將旁邊一隻布質手巾袋掛在床架的釘子上，他解釋道：

「我沒有理由要你跟我走，因為我也是初到貴地呀！你想吧，我走的那條路也許是錯的，說不準要比你剛才所走的更糟呢！」他得意地笑了笑。「反過來說，這未必不是好事情，最低限度，鎮江的街道你總算比我熟識一點啦！」

我不響定定的望著他。他這種悠閒自若的意態和他的話引起了我的興趣，我的惱恨很快的便消散了。

「蠻有意思的！」看見我不答話，他又說：「在車站，我們有同一個目標；但，我們走了兩條不同的路，而都到達了。唔，是的……」他皺皺眉，像是在思索，然後又低聲喃喃起來：「在整個人生來說，這只不過是短短的一步路罷了！」

「……」

彷彿是一件不可思議的事情，他自嘲地搖了搖頭，很敏捷的跳坐到書桌上去，用一種命令的口吻對我說：

「上舖是你的，快點解開你的行李吧！我等你。我們一起去看看教室和飯堂，呃，還有厠所，這都是很重要的，明天我們要裝成一個老生一樣，什麼都不要求教於人。你說好嗎？」

他最後這句問話顯然是多餘的，我對於他——從我所說的第一瞬開始，我便像已經抓到了一點可信賴的東西似的，他的意見便是我的意見了。

於是我將行李包放到上面的床位上，在我正要困難地爬到上面去時，他驀然大聲問道：

「你的腳怎麼啦？」

混蛋！為什麼要問我的腳？只要它不是踏在你整齊的床鋪上不就成了嗎？我忽然想起這兩年來我曾經為了我的腳打過多少人，引起多少次不愉快的爭吵。現在，我按捺著忿怒，我勉力掙扎到上面去。

「是怎麼啦？」他急忙跳下書桌，用手扶著我。

我不敢回轉頭，我已經知道他會怎麼樣看我。

「它壞了——右腿。」頓了頓，我生硬地說。

「跌傷的？」

我痛苦地搖搖頭。

「那麼它是你生下來就壞的？」

我敢說，假如換另一個人，我一定會打掉他的牙齒。而這個時候，我卻極力抑制著，以致渾身都顫抖起來。最後，我突然乖戾地扭轉身，生氣地叫道：

「是炮彈破片打壞的！現在你總可以滿意了吧！」

我以為他一定會向我道歉，或者什麼的——我幾乎要後悔自己這種惡意的舉動了。但出人意料的，他非但沒有絲毫歉疚的意思，反而用不馴的目光瞠視著我。我相信他絕對沒有經過考慮，他已經用力將我從床位上拉下來。

「你這個笨蛋！這是英雄要做的事情嗎？你早就該對我說——『我要睡下舖』！」說著，他連望都不再望我一眼，一手將他那舖疊得非常整齊的被褥捲起來，丟到上舖去，然後迅速地伸手去拿下我的行李……

我楞在一邊，等到他將我和他自己的床位整理好，他返身向我說話的時候，我才恢復了意識。

「走吧！英雄！」他拍拍我的肩膀，說。

三

我想，一定是什麼魔鬼在主使我，我竟會馴服地跟著他走出去——我第一次忘了自己的自尊心。

後來在整個晚上，我故意不去理睬他，我用不屑的目光睨視著他：他很快的便和同室的那六位同學（其中有兩位也是新生，因為他們和我一樣，始終沒有說話）攀談起來，我不想聽他說的什麼，但這些音調卻像一首我最喜愛的小夜曲一樣，使我覺得津津有味。

最後我索性睡到床上去，閉起我的眼睛，然而，沒有用，我知道他在暗自竊笑，雖然他背著我，坐在書桌旁邊。這個晚上，我失眠了，我解釋失眠的原因是由於換了新的環境的緣故。其實，我十分明白——沒有一個人能欺騙自己的；最大的原因是因為他，這個使我失去尊嚴的魔鬼。有好幾次，他探頭出床架俯望著我，而我卻有意發出鼾聲，表示自己睡得非常酣暢。

現在——第二天的早上，我坐在飯堂的角落上吃早飯，他端著一大碗熱粥走過來，就對坐在我的前面。

他微笑了。唉，老天，我真痛恨他的微笑，甚至我連他那排潔白而整齊的牙齒都痛恨起來。我一時無所適從，不知道自己應該怎樣才好。

打量了一下我放在桌上佐餐的食物，他用筷子挾了一小角腐乳，放進嘴裡品嚐。

「不壞，上好的辣椒乳腐。」說著，他忽然譏誚地笑起來。「你太優待自己了！」

我討厭人家說風涼話，所以我不理他，只管吃著。而他又笑了，我向自己說，但願他能夠及時停止這種——這種什麼呢？我說不出來。總之，我盼望他不要再笑，我不知道自己將會做出什麼可怕的事情。

果然，他開始粗野的，呼嚕呼嚕地喝起粥來。

「呃……」將一大塊乳腐放進嘴裡，他忽然說：「你昨兒晚上失眠了吧？我知道，這就是你的弱點，英雄大概都是這樣的。你的英雄感太旺盛了，連拿破侖都不擺在眼裡呢！」

我停下筷，望望他，不以為然地說：

「憑哪一點，你說這些話？」

「何必那麼認真呢，我只不過隨便說說。」他緩和下來，笑著。是的，他微笑接著說：

「有一點我得提醒你。鼾聲不是這樣的。你不妨多觀察。肥胖的人和瘦的人不同，它的聲調，節奏——對了，最重要的是節奏：起先是低低的，培養著一個高潮，後來漸漸弱下去。當然，有時你翻一下身，它便會突然停止的。」

「……」

「還有，眼閉合起來還不夠，你不能控制你的眼皮，它微微地在抖動。你看見過小孩子裝睡嗎？很可笑的。唔，下一次，我告訴你一個方法……」

我將一塊乳腐挾到他的碗裡去。

「你總該閉嘴了吧！」

「談談不是挺有意思的嗎？」

「我討厭這種話題。」我不悅地回答。

他很快的將碗裡的粥吃完，然後很有興趣地將雙手交疊在餐桌上，低聲說：

「好吧，我們改變一個話題。聽你的，告訴我你的英雄事蹟——你的腳是怎麼被打壞的？」

他的語氣裡，我發現有一些使我喜悅的成份，它是溫和而懇切的。我找不到任何一個理由拒絕這個要求。於是，我挾著些微激動和羞怯的心情告訴他，我的腳是怎麼樣爬出掩體去救護一位同伴，而被炸傷的。

「這就是你的優越感在作祟——在那種時候捨己救人！嘿！偉大之至！」他輕蔑地大聲叫起來：「我以為那發炮彈應該炸掉你的腦袋才對！」

我為他的意態吃了一驚。

「你知道世界上什麼東西最重要？」他嚴厲地問。沒等我回答，他用手指指著我說：「就是你自己！知道嗎？」

「……」

「只要你自己生存，你才能使別人生存。」

「你忽略了人性中最寶貴的……」

他用手阻止我說下去。

「你以為我不是一個英雄嗎？」他將英雄兩個字咬成一種奇怪的音調。「——一個十足的英雄！我在敵後游擊區，有一次攻進一個小縣城，搶鬼子的糧食。照理，我們不應該拖到第二天才撤退的；但上面要我們這樣做，他們說這是誘兵之計。結果你說怎麼樣？」他頓了頓，竦然注視著我。「那反包圍的部隊並沒有如期趕到，我們完了！一個也沒剩，全軍覆沒！」

「那麼你……」

「當然，我是說除了我之外。」他回答。

我不能了解他的思想，所以我沒再說下去。

四

以後，我不明白自己為什麼這樣痛恨他，而又這樣喜歡接近他。當我跟他在一起的時候，我彷彿感到一種極為愉快的安全感，他會十分體貼的照顧我——也可以說是擺佈，他的口才能使我在一種非常尷尬的情況下接受他的思想，遵從他的主意。我發覺他是一個領袖人材，而且他有很大的領袖慾，他懂得怎樣攏絡人，爭取對方的同情。

在這兒，我應該承認我是很自卑的，由於我這被炮彈炸傷的右腿；從它壞了之後，我便開始了解自己了。我在最初的那一段時期是煩亂不安的，我害怕人家望它——用那種同情和憐憫的眼光望它；這會使我的自尊心受不了，因為我以前是一個剛強的人。慢慢的，我開始變了，這種變化使我陷入兩種奇怪的狀態裡：我的自卑感（亦即是變了質的自尊）緊緊的裹著我，使我離開所有的人，對事對物的懷疑心讓我否定一切友誼，於是我被埋在孤獨裡；另一方面，我開始從徬徨中找尋一個能寄託精神的地方。但，我又覺得任何一種信仰對於我都不會有幫助的，我有點不信任自己，我以為自己不是一個真正需要幫助的人。

而就在這個時候，我認識他。我之所以願意接近他，是因為我能夠從他那兒獲得完整的自尊。儘管他常常有意打擊它，我知道這是善意的。他很了解我，不過，他並沒有說出來，他將這些了解融合於友誼中，使我不能從嘴裡感激他。可是，這並不是說我和他沒有不同的地方，有些時候，我發現自己在向他反抗。偷偷的，這種情愫在我的心裡鼓動著，我不敢將它宣洩出來。

一個禮拜日的早上，我獨自從宿舍走出來，要想跨過大操場，從後校門到外面去。因為那是一條到北固山去的捷徑，那兒是一個異常幽靜的地方。

我剛走近那間小小的基督徒聚會所，忽然聽見有人在叫我，是一個女孩子的聲音。扭轉頭，我發現她——那個叫我的女孩子站在門前的木欄邊，手上拿著一本厚厚的聖經。她的容貌並不十分美麗，但很淡雅；我很注意她那兩條垂在肩上的烏黑的辮子，從她那明亮的眼眸和那嫻靜地笑著的嘴角上，我覺察到一點神聖味兒。於是，我停下來，微笑作答。

「你也是教友？」她問我。

我沒回答，也不否認，竟然跟她一起走了進去。我很想問她：她為什麼會認識我。可是直至我們在後面的排椅上坐下來之後，我依然沒有開口。

發覺我這種望她的神態有點特別，於是她笑了。

「你沒帶聖經？」她有意岔開說。

「呃，嗯……」

「這兒不比教堂，」她接著解釋道：「它還是我們大家捐款修的呢——哦，那時候你還沒來。」

「是的，我是新生。」

「我知道，你住在男生第十七宿舍。」

「妳怎麼會這樣清楚？」

「你忘了，註冊的時候……」

「哦，」我吶吶地回答：「那是妳——我沒注意。」

「我知道你沒注意，」她含點調侃意味補充道：「——你連眼睛都沒抬起來過，是嗎？」

禮拜開始了，唱讀美詩的時候，她一邊唱，一邊用一種溫和的笑意不時偏過頭來望望我。完畢後，我們再坐下來，她不再說話，只是將聖經翻開，放在我們靠著的膝頭上，用手指告訴我從那一章那一節開始，然後，她專注於牧師的話。

我幾乎是有一半的時間在窺望著她：她臉上的輪廓，她那長而彎的眼睫，小小的嘴唇，小小的耳朵，——是的，它很小，邊上有一顆痣，我沒有用手去觸摸它，但我知道它一定很柔軟。

我為什麼要這樣望她呢，我不能解釋，總之，這個印象久久不能忘懷，差不多我一閉起眼睛，便彷彿瞥見她那麼虔誠的坐在我的旁邊。以後的一週內，我幾乎將這種回憶當成一種日常心靈上的消遣了。

第二個禮拜天，我一早便挾著微微激動的心情到聚會所去，她已經站在木欄邊等待我了。

午飯後，我正想看看書，他——這位游擊區的英雄——忽然邀我到外面去走走。這是很難得的，短短的兩個月，他已經是眾所周知的人物了，可以說任何一個集會裡都少不了他。按照老制度，我們修業的時間是六年，自從改為四年制後，功課無形中增加了。我們每一個人都自動將自修的時間延長至晚間十時，雖然這樣，猶恐時間不夠；可是他永遠是那麼悠閒，似乎從未被功課煩惱過。

現在，走了一段路，他開始有意味地說：

「聽說基督教使你入迷了。」

「誰說？」我含怒地反問。

「誰說？今天早上我還看見你往那間小屋子裡鑽。」

「為什麼要說：鑽！」

「好，馬上改口，為了禮——貌，我似乎應該說……」他頓了頓，輕蔑地笑笑：「呃，我問你，你懂得他——呃，耶穌的道理嗎？譬如說，對於聖經……」

「將來我會懂的。」

「那麼你是說：你相信自己一定能夠升入天堂？」

「我沒有想過這個問題，」我直率地說：「因為我並不是要想升入天堂才到那兒去的。」

「啊！」他急急地打斷我的話：「另有一番理由！」

他這種冷嘲熱諷使我厭惡，所以我停下腳步。

「我得回去了，」我說：「這種談話太沒味道了，我怕它會傷害我們之間的感情。」

「好吧，那麼我陪你走回去。」他隨即回轉身，自管自地開始走起來。

沉默著。半晌，他低聲說：

「我要想跟你討論一個問題。很重要，我要為它寫一篇東西。」

「……」

「我先找你作為一個辯論的對象。」

「關於什麼？」我困惑地問。

「信仰。」

「你是說宗教？」

「宗教也是信仰中的一種吧！」

「但我知道得不多。」

「沒關係，只要盡你所知的辯駁我。」

「好吧！」我無可奈何地說。

於是，他的議論開始了，我們在同一條路上來回走了好幾次，他的話還沒有說完。不過，我覺得他的話很有趣，現在我已記憶不清了。我只記得他用許多手勢和理由否定神，再用許多手勢和理由證明神就是人。然後，再搬出達爾文的進化論，說人是猴子變的。於是，他便有一個合理的邏輯了。

「好，你仔細聽著，」他傲然地說：「假如你承認神的存在，那麼任何一個人將來都會進化為神。否則，便沒有神。」他注視著我的眼睛，停了停又說：「還是我的那句話——你就是自己的神！懂嗎？」

鬼話！我將他這一套鬼話，當天晚上便去告訴她。

她微笑著，耐心地聽著。

「他是一個有思想的人。」最後她說：「我很欽佩他。」

「妳說他是對的？」我低促地問。

她搖搖頭。思索了一下，她說：

「我的口才雖然沒有他的好，但我相信自己會說服他的。他的話只是很動聽，使你迷惑，沒有半點真理。」

「他說他要為這個問題發表一篇文章呢！」

我看見和感覺到她的喜悅，她移開眼睛，眺望著前面，喃喃地自語道：

「這是一個打擊他的好機會，因為每個人都會看見他的這篇妙論，你說是麼？」

「當然。」我快活地回答。

「你能不能替我介紹認識他，這樣會比較自然點。」

「我會帶他來見妳的。」

五

第三天，他的那篇「神即人論」在民主牆上發表了，轟動了全校。甚至連平時最不喜歡管閒事的同學都去看個究竟。他在那篇文章裡，當然是將聚會所攻擊得體無完膚。他說信仰宗教的人是最儒弱的人，因為「他們不信仰他們自己」；他建議請這些「懦弱的人」自動的，將他們奉獻給神的金錢和時間拿出來，救濟那些清寒的同學，多做點實際而有意義的社會工作。在這篇含有挑釁意味的宣言式文章裡，他說得極其委婉動聽，文情並茂；同時，還列舉許多似是而非的理由，證明他的話就是真理。

果然，大多數的同學都擁護他，唯一支持聚會所的，就是「信仰自由」這個空泛的名詞。群眾畢竟是盲目的，知識份子也不例外；事情的發展很出人意外，教友開始被歧視了，那些無神論者幾乎以走過聚會所為恥辱。因為醫學是絕對的科學！

但，他對我的態度並沒有絲毫改變，也不願意和我討論關於宗教的問題。而我，亦在極力避免和發生磨擦，我雖然憎恨他，但我需要他。

這是事情發生後的第一個禮拜天，當天發覺我穿好衣服，正要伸手到枕頭底下去拿聖經的時候（我已經有一本小而精美的袖珍聖經了，是她送給我的），他淡淡地問：

「要到聚會所去嗎？」

「嗯。」我點點頭。幾乎是用一種狡黠的聲音向他說：「而且，我要你和我一起去！」

他困惑地望著我，不響。

「一起到——那邊去？」他生澀地笑著問：「你以為我不敢進去？」

「你誤會了。我要替你介紹一位朋友。」

「一定要到那邊去才能介紹？」

「不是這樣說，」我說：「你可以不進去，我在門口替你介紹。因為這樣比較自然一點，不然，到女生宿舍去，總有點不方便！」

「哦，是女的——為什麼要……」

「沒別的原因，」我截住他的話，解釋道：「她有些問題要向你討教，」我望著他的眼睛。

「當然，你一定知道這是什麼問題。」

「好！」他不假思索地回答：「我跟你走！」

出了宿舍，他始終沒說話，眼睛望著前面，現出一副異常沉肅的表情。我猜不出他在想些什麼。

走到聚會所的門口，她已經佇候在木柵前面了。我替他們兩人介紹之後，忽然覺得大家都無話可說了，我看見他凝望著她的臉，有好幾分鐘，直至她不安地垂下頭。

這種情形使我很尷尬，我正想找一句合適的話去調和這氣氛時，他開口了，聲音是那麼沉重而有力，彷彿並不是從他的嘴中發出似的。

「這樣吧，」他說：「午飯後我總會在圖書館的，妳隨時都可以找我，我很歡迎。」於是，他向她點點頭，轉身走了。

進入聚會所之後，我抱怨地向她說。

「剛才妳怎麼不說話呢？」

「我真怕他的那雙眼睛。」她回答，不經意地翻著手上的聖經。

「為什麼？」

「他平常也是這樣望人的嗎？」

我大聲笑起來，坐在前面的人都回過頭來看我。停了停，我才帶有點笑謔的意味說

「妳不準備到圖書館去了？」

「不！」她急急地回答：「我一定要去的……」

「不然他要笑話我們，是不是？」我接著話說。

她不解地望著我。

「我已經告訴他了。」我說：「——我以為妳去之前，得先要作一個準備……」

「你怕我說不過他？」

「我們不能輕敵！」

「輕敵？我並沒有將他當為我們的敵人呀！」

「哦……」

發覺我的神情有點不妥，她拍著我的手背說：

「耶穌的話你忘了嗎？『當愛你的仇敵』！」

是的，當愛你時仇敵。我永遠會記著這句話。

這天我本來和她有一個約會，為了這事我們取消了。午飯後，我送她到圖書館去。

「妳進去吧。」我站在石階上說。

「那麼你呢？」她問。

一種惡劣的，十分奇怪的情緒向我襲來，我一時茫然於內心的感覺。好一會我才將自己鎮定下來，而她已經走近來關切地握著我的手了。

「你的手冰冷，是怎麼了？」我聽見她說。

我極力抑制著自己，以致渾身都在微微的顫抖。

「沒什麼。」我掩飾地微笑著，但不敢去望她。

「你像是有什麼話要對我說似的？」

抬起頭，我很快的又從她那雙麋鹿般嫻靜的眼睛中逃開。

我推開她的手說：

「真的沒什麼，妳進去吧！我想回宿舍去。」

「好的，我會將結果告訴你的。」

她走進圖書館之後，我突然有孤獨和寂寞的感覺。於是我急急的回到宿舍去。但，到了走廊上，我又打消了這個念頭。毫無頭緒的想了想，我開始走起來——漫無目的，只聽憑自己的腳步走著……

我終於又回到圖書館的石階前。煩燥不安地來回踱步。我不斷地在紊亂的腦子裡思索著，我要找出使我煩燥不安的原因。

驀然，我抬起我的右手，下意識地諦視著那曾經被她那溫暖而柔軟的手所觸摸過的地方，一種新奇的喜悅從我的心底緩緩地升浮起來，盪漾到我那緊閉的嘴邊。

我發覺自己在偷偷的愛她。

之後，這種等待變為幸福的，令人愉快的等待了。直至黃昏，她才從圖書館裡走出來。如同隱藏著我的愛情一樣，我將自己隱藏在冬青樹的後面。我看見他走在她的旁邊，比劃著手，彷彿仍在爭執著什麼似的。

在黃昏那並不十分明亮的光線中，我瞥見她的面容很沉靜，而且充滿自信。無疑，她是個勝利者。

在這個時候，我甚至已經想像到，再見面時她會告訴我些什麼。但，我又覺得，這些都是不重要的——最低限度，我當時認為如此。我向自己說：

「最重要的，是我要告訴她：我愛她。」

六

臨睡之前，寢室裡是不會安靜的，我們慣常睡在床上談話，有時一個話題會拉扯好幾天，等到越扯越遠，新的話題又開始了。就以最近這個宗教問題來說，已經發展到令人不可思議的境地了。

我很安酣地躺著，並沒有留意那幾位無神論者的談話，我的內心震顫著，沉浸在一種神妙的酩酊中。

「你要睡了？」他探頭出床架，俯視著我。

我沒回答，突然間才發覺他始終沒有加入他們的談話。他的眼睛告訴我，他正被某種事物困擾著。

驟然，一種劇烈的，難以形容的快樂透過我的全身。我用並不是我所發出的聲音說：

「沒有。我不能睡，我恐怕自己今晚要失眠了。」

「我也一樣。」他說。

我望著上面的床架，我似乎看見他那苦惱的臉，睜大的眼睛。我冷冷的笑起來。

「是因為她說的話吧？」我含惡意地問。

「嗯，」他含糊地回答：「也許是。呃，不過她……」

「她是你的勁敵，是嗎？」

「唔，是的。」

「我知道你會失敗的！」

「失敗？啊──我不是指這些……」

「我跟你說吧，」我得意地繼續說：「在見你的面之前，她就說她一定能夠說服你的。」

「是嗎？哦，她的確是十分……這話很難說吧？」

我不想再為難他，我知道明天她會一字不漏的將那些話告訴我的。我想，我應該鼓勵她寫一篇什麼文章，給他一個嚴重的打擊。

唉！為什麼要去想這些呢？這些都是不重要的。

第二天的黃昏我看見她的時候，我要求她陪我到後校門去，因為那條路比較僻靜，我得將心裡的話告訴她。也許是由於我過度緊張的緣故，我的表情一定十分難看──我相信她已經發覺了，她好幾次偏過頭來望著我。我了解她眼睛裡所包含的全部意義，那是關懷、憐惜、同時還攙雜有些哀愁的成份。

而我仍然固執地走著，我突然感到驚駭起來，我不明白自己要走到哪兒去，我的腳和手不由自主的顫抖著……

她驟然在圍牆邊將腳步停下來。

「發生了什麼重要的事情了？」她注視著我，又問：「你不想告訴我嗎？」

重要的事情？當然，這是非常重要的事情，也許在我這一生中，這是第一次，或者是最後一次了。我告訴自己，過份激動往往要將事情弄糟的。我要鎮定下來。我知道，她能夠幫助我的，她的嫻靜能夠懾服一個狂人。

於是，沉默了一陣之後，我再抬起頭。可是，剛剛接觸她的凝視，霎時間我失去了一切思考的能力。我的嘴唇痙攣著，一個字也說不出來。

現在，她開始向我微笑了。

「你是怎麼了，」她寬慰地說：「事情真的那麼嚴重嗎？我從未看見過你這種表情呢。」

我楞著，望著她，但我的心裡非常清醒。

略一思索，她低喊道：

「哦，我明白了。昨天你送我到圖書館去的時候，你就發生這種情形了。我想：你是關心——我。」頓了頓，她又繼續說下去：「這是你的多慮。昨天我和他的談話是很愉快的呢！他很健談。我得告訴你，他自始至終避開這個話題。他只和我談別的，天南地北，他知道很多，想得很多——怎麼，這樣使你失望嗎？」

「呃，不——只是……」我訥訥起來。

「只是，」她調侃地笑笑：「只是你已經有了一個先入為主的成見！」

「這怎樣說呢？」

「你忘了，你曾經指他是我們的敵人。」

「不是嗎？在思想上，他……」

「這是他的怪思想，」她解釋道：「我相信每個人都經過這個時期，他會改變的，至少，我相信他會改變的。」

她那矜持和自信的意態使我不能再說下去，而我剛才那種紛擾和不安亦漸漸平伏下來了。我已經開始覺察到，她在堅持著一些什麼，她在要求我分享她的快樂。於是，我虔誠地唸道：

「但願如此吧！」

「一定會的。」她堅定地說，眼睛望著前面為夕陽染紅的屋角。

七

她走了之後，我對自己說：以後我總會有機會告訴她這句話的。其實，我非常了解自己，我了解自己的自卑和懦弱；因為我不敢相信，現在的生活正是我以前那麼執拗地持有的那種生活；我不敢伸手去觸摸，我害怕這樣會更傷害我。我不敢承認（是為了自己僅有的一點自尊吧），這一次我失去了這個機會，我將永遠不會向她說什麼了。

此後，不只是禮拜天，她仍然時常和我在一起。不過，他卻加進我和她所共有的那個小天地裡來了——因為他們在繼續著他們那永遠沒有結論的話題。

這期間，顯然神和人不再是他們爭論的對象了，他們討論著一些我討厭的哲學問題，社會現象，偶爾也涉及政治。不過，據我所知，對社會和政府的任何不滿，他都有一套邏輯將這些歸納到他在游擊區的事情上去。如他所說，則是「愛之愈深，痛之愈切」，他的一切指責都是善意的，完全基於他那狂熱的愛國心。他的話，我向來是認為不易推翻的，這一點，我不得不承認他是一個愛國的急激份子。

至於我，漸漸變得冷漠了。雖然我的心中正熾旺地燃燒著愛燄，但，我抑制著，我保持著一種類乎憂愁的沉靜！我喜歡冷靜地在旁邊望著她，當我瞥見她眼睛裡散發出來的光澤，在激動時微微翕動的鼻子和那像蜜一般流瀉的笑靨時，我以為已被她的喜悅所感染，而自眩於喜悅中了。

於是，在他們的前面，我將自己隱藏在後面，他們並沒有覺察出來。

……

冬天過去了，時局的陰霾籠罩著這一年的春天。

而我的苦悶卻在這個春天裡像枝頭的嫩芽一樣萌發了，我不能忍受這種迷亂，我得從這迷亂中找出一點頭緒，解救我自己。我突然對醫學失了興趣——其實，我本來對它沒有興趣。我要找一個適合我存在的世界。

這個決心使我重新振作起來，我開始伸手向文學的門邊摸索。我偷偷的寫一些小詩短文，抒發自己的積鬱；然後用一個化名，將它們寄到報紙上發表，我不敢將這件事情告訴任何一個人，甚至連她在內。

也許藏著一件秘密就是快樂吧（悲哀似乎也一樣），每當他們翻開那上面刊載著我的作品的報刊時，我的心中驟然升起一種不尋常的倨傲，我覺得我已離開了自己，站立在萬物之上。可是，我對於她永遠是卑微的。我將她化為一個崇高的理想，巍峨的山，遼闊的海——我將她化為接受我歌頌和讚美的天地萬物，因為在高貴的它們之前，我是那麼卑微，那麼渺小。

有一天，這應該是一個痛苦的日子。她和往昔一樣深情的望著我，她是那麼平淡地（她當然是十分激動的，我所指的是這件事情，因為她並沒有覺察到我的絕望和驚訝）對我說：她已經愛上他了。

我還能說些什麼呢？顯然一切都無望了。我後悔自己那天為什麼不將那句話告訴她，但我又為自己沒有將那句話說出來而深自慶幸。矛盾，不可理解的矛盾。

總之，她的自信傷害了我。我記得當時只感覺到四周很靜，靜得出奇；她的聲音彷彿並不是屬於她的，那應該是一種詭譎的夢囈，或者可以說是幻覺的。我不相信這是她所說的話。最低限度，她不應該這樣平淡無奇的告訴我。

而她卻是那麼真確地說了，最後，她含著幸福的笑意結束她的話。

「這是很自然的，」她說：「我和他不是有許多相同的地方嗎！至於宗教信仰，他不能強迫我，正如我不能強迫他——是完全自由的，在這一點，我們都能尊重對方。我想，這種諒解是很重要的。」

「是的，」我若無其事，而又裝作興奮地說：「這是很重要的，我真高興，妳已經找到妳所要找的了。」

她感激地握著我的手，久久說不出話。

「快點去吧，他不是在等著嗎？」我瘖啞地說：「——不然，妳就要哭出來了！」

「啊……」她笑了，用手拭著眼角。「我不是哭，那是因為我太快活了！」

她走了之後，我為那突如其來的空虛而萎縮起來。

這天晚上，我從他那兒獲得了證實。而且，他還為了這事約我到一家小飯店裡去，同時還有她。當我舉杯向他們祝賀的時候，我的心隱隱作痛，我覺得杯子裡的並不是酒，而是我的眼淚。

八

從那個不幸的日子開始，我被緊緊的包裹在悽痛中了。我自己十分明白，我得努力掙脫這具心靈上的枷鎖，我得忘掉這些事情。

一段難堪的，茫然若失的時期總算是過去了，我傾盡我所有的熱誠專注於寫作——這唯一能解救我的心靈和命運的工作。雖然如此，我仍然保持著這個秘密，正如我仍保持著我對於她的愛念一樣。

又過了一些時候，我的作品開始受編輯和讀者們注意了。由於我那傲慢而含有極強烈挑釁意味的文筆，我不容於那一群思想偏激的作者們，尤其是其中為首的那個叫做「魯莽」的傢伙，他幾乎是無時無刻不針對著我。他的新詩寫得很不壞，而諷刺詩更是他的專長；他喜歡吹毛求疵，誇大，但有時卻像一隻狡黠的狐狸一樣冷靜。總之，我覺察出來，他不肯放鬆任何一個打擊我的機會。

顯然，情勢是對我不利的，但我不肯示弱，我孤獨而傲慢地站著，並不企求任何援助；就是敗了，我也堅信我仍然站著。——這如同深海下的暗流，是屬於內心的；我在反抗自己的命運，宣洩自己的憤怒；我蔑視我的仇敵，我要在這另一生活中重拾我的信心，做一個堅強不屈的人。

我生活在兩個極端不同的生活裡，我的外表是是那麼懦怯，而裡面卻潛藏著足以毀滅整個宇宙的憤怒。

緊接著，厄運來了……

戰爭的失利和政局的動盪給這一群「前進份子」一個好時機，他們抓著上海攤販暴動，舞女請願，和搶購黃金等事件，大加渲染。當我根據事實，解釋事情發生的真相，而對他們這種惡意的動機加以指斥時，他們群情激昂了，甚至公開的罵我是「幫兇」，是「瞎了眼睛，只聞著臭味向前爬的走狗」。

這天晚上自修的時候，我發覺他竟在寢室裡；這是很難得的，我早說過，他對於功課素來蠻不在乎，況且他在熱戀中，他得利用這僅有的時間去活動。而現在，他坐在書桌旁邊，翻閱著一份當天的摺皺的報紙，其他的幾位同學圍在他的身後。

看見我走進來，他隨手將那份報紙攤在我的面前。

「你注意到嗎？最近很熱鬧呢！」他說。

報紙被後面的人搶去了，我知道他已經讀過那篇攻擊我的文章。於是我坐下來，淡淡地回答：

「都看過了，好像比我們的民主牆更激烈——那位作者叫做魯……魯什麼的？」

「啊，魯……」他偏頭去看：「魯莽！這些人未免太無聊了！」

我一時說不出對他的憎惡，我差一點要問他：他的那篇〈神即人論〉也算什麼呢？話到了嘴邊，我又忍住了。我只是用一種困惑的聲音問道：

「你說誰無聊？」

「兩邊都一樣！」他隨口回答。

「那麼你的意思是……」

「接受事實！」他義正詞嚴地叫道：「是事實的話，總瞞不了人的——這等於淘糞缸，越淘越臭！」

「但我們總得顧慮到這些言論對社會的影響吧！」

「你是說要寬容！」他乖戾地瞠視著我：「就像你寬容自己一樣！像你這樣，國家還會有前途嗎？」

這就是一個愛國的急激份子的論調！我氣得渾身發抖。我覺得，魯莽這一群人沒有收羅他去，實在是一種損失。

他大概已經發覺我的神色不對，連忙笑著拍拍我的肩膀，緩和地說：

「算了，我們總不至於要加入他們的戰場上去吧！」看見我不響，他站起來。「你去找她談談吧，我的時間到了——一個討厭的籌備會！」

說著，他就拿著一隻書夾匆匆的出去了。

起先，我並不準備去看她，但，我終於去了。在宿舍的門口，她發覺是我，顯得很興奮，可是，遮掩不住她的悒鬱和憔悴。她提議到後院門去散步，我並不表示意見，只是默默地走在她的旁邊。

我幾乎透不過氣了，她才輕喟了一下，生澀地說：

「你最近忙些甚麼？」

「沒甚麼，只是多看了幾本書。」

「身體要緊，」她關切地望了我一眼，「你的臉色並不正常呢！今天早上我在圖書館前面見到你……」

「妳怎麼不叫我？」我快快地問。

「你走得太快了，像是很忙似的，所以……」

接著，又沉默下來，直至我們走到門邊，我才開始說話。

「妳知道嗎？」我約略提高我的聲調說：「他去開什麼會——他說是什麼籌備會的？」

「不清楚。」她搖搖頭：「反正不會是甚麼好事情！」

「……」

「不實際，完全是表面工作！你說，開會有什麼用，光說不做，事情總不會解決的！」她不以為然地頓了頓，繼續說，聲音有點顫抖。「我勸過他，我叫他冷靜一點。」

「妳說他不夠冷靜？」我奇怪地問：「他做了甚麼過份激動的事情？」

「……」她乏力地低下頭，彷彿在思索點什麼，忽然，她重又揚起頭，向我伸出手，怨恨地說：

「我要你摸摸我的手！」

我困惑地接住她的手，正想發問，她急急地用手阻止我，然後悽涼地接著說：

「它冰冷，而且在發抖，是嗎？」她自嘲地笑了笑。「現在我的心情，就是這樣！」

「妳……」

「不要問！」她疲乏地嗄聲道：「過些時候我會告訴你的——你能夠原諒我嗎？」

「原諒？」

「是的，原諒。」她痛苦地重複著這兩個字：「你慢慢的就會知道了！現在我很累，你送我回去吧！」

之後，她像是在忍受著一種痛苦的折磨，默默地走著，到了宿舍的門前，她謹慎地囑咐道：「別去問他，他會不高興的。」

這天晚上，我又失眠了。我不知為什麼老是在想著這個問題。最後，我覺得自己最近太不關心他們了，也許他們發生了什麼爭吵，這不是很平常的嗎？

走廊上的大鐘敲過了兩點，我才看見他從外面回來。

九

以後，我晝出一部份時間去和她在一起。從她的意態上看，我知道他們之間的情勢並沒有好轉。她變得沉默了，雖然有時她仍對我展露著美好的笑容，但我能夠分辨出，她的笑裡所包含的成份；她並不知道，當她笑的時候，我為她承受了多少痛苦。於是，在突然的沉默從我和她之間散開來的時候，我故意從記憶中撿拾以前我們剩餘下來的話題；可是，反而添增我的痛苦，因為以前的那種情趣已經不會再回來了。

而他忙的程度，實在令人驚異。連我，有時也會幾天沒機會和他說一句話。

有一天，雨下得很大，我為了一篇駁斥魯莽的文字從早就躲在圖書館裡翻資料，連中飯都忘了吃。黃昏的時候，才拖著疲乏的腳步走出來。當時我想到她那兒去，而當我走到女生宿舍門前時，突然又改變了主意，我認為晚上自修的時候找她比較適宜；所以我冒雨到外面去吃點麵食，然後洗了半個鐘頭的溫水浴，恢復自己的疲勞。

回來時，雨還在下。我到處找遍了，依然找不到她，後來一位女同學告訴我，她親眼看見她和他一起到街上去了。手上像是提著一些甚麼東西，因為披著雨衣，所以看不清楚。

我落寞地返回寢室，一時說不出心中的感覺，我只感到深濃的悒鬱和煩躁，我又開始用心的推測他們的行蹤。我想：莫非他們的誤會已經冰釋了？

我幾乎開始嫉妒起來了。

時間像是漸漸變成一種有重量和體積的東西，我終於忍受不住地提著雨衣出去。在校門口，正巧碰見他單獨回來。我站著，楞了一陣，才低促地發問：

「她呢？」

「走了。」他平淡地回答，聲音裡攙有一種特殊的意味。

「走了？」我重複著他的話。

「唔，回蘇州去了——她家裡有事。」

「怎麼在走之前不通知我？」我叫起來。

「通知了又怎麼樣？」他說：「反正總是要走的。」

沉默了片刻，我軟弱地問：

「她不回來了？」

「這很難說，不過……」他支吾著，接著轉過身來用手圍著我的肩膀，顯得很關切地說：「這是她的意思，她怕你難過，所以沒通知你。但，她說她會寫信給你的。」

我不再問下去。回到寢室裡，我很快的便睡到床上去，可是，我不能入睡，我老是在想著她為什麼突然回蘇州的那個問題。

我不敢去問他，那麼我當然不得不相信他所說的那個理由了。此後的半個月中，我甚至有意疏遠他，我總覺得在她走之前不通知我，是他出的主意。所以每當他和我談話或討論什麼問題的時候，我再也沒有以前的那種耐心和興緻了。

日子一天天地流過去，我一天天焦慮地等待著她給我的信，但，我絕望了。我不明白他和她之間是否還保持連繫，有幾次當我看見他站在老遠的地方看信，看完後又匆匆地將信塞進袋子裡時，我想去問他，但又抑制住了。假如是她的信，他一定會告訴我的，我想。

就在這個時候，徐蚌戰事失利的壞消息頻頻傳來，政治的低氣壓窒息著我。雖然我已失去了內心中一個有力的支持我的人，然而我仍然不屈地站著應付那可能置我於死地的頑強的敵人——魯莽。

而「反饑餓」、「反內戰」等等為匪張目的運動如狂潮似的洶湧起來了，此起彼伏。學校裡經常因學生的遊行和開會被迫停課；市鎮上更是人心惶惶，不可終日。

他成為一個極有吸引力的領袖人物，每一次遊行，每一次集會裡都少不了他。所以他和我接觸的機會更少了。

就在共匪陳兵江北，緊迫京滬的時候，一件令人驚異的事情發生了。在事情發生的第三天的深夜，我和寢室裡的另外幾位同學，才相信他已經失蹤了。於是，從第二天開始，大家開始對於這件事揣測起來。結果，學生會和其他幾個鋒頭頗盛的社團的幹事們，一致認為他是被政府抓走了。接著，不用說，先是罷課示威，最後迫著學校當局向治安機關交涉。

可是，治安機關否認曾經扣留過這樣一個人。這種答覆當然不會令他們滿意，所謂支援他的什麼委員會跟著成立了：開大會，印傳單，示威請願……忙得不亦樂乎。直至省府當局允諾負責找回他，對於這不幸事件的發生引以為憾時，這次風潮才漸漸平息下來。

不過，另一次風潮又隨之而起了……

一〇

在他失蹤第二個月後的一個令人憂鬱的早上，我突然接到她從蘇州寄來的信。我現在不能形容我當時的快樂和激動，我反覆地將她的那封短信唸了好幾遍，我要從她的筆跡和字句中尋覓出一些關於她的狀況。

忽然，我有點昏亂起來。她發生了什麼事情嗎？她為什麼直到現在才給我寫信呢？至於他的失蹤，她知道嗎？或者，她正為這件事才要我到蘇州去見她？

我越想越相信這是與他失蹤有關的了。我曾因此而想過拒絕她這個要求，但，我終於趕到車站去。我木然地頹坐在候車室裡，等候去上海的午間快車；然後又迷迷糊糊地上了車，直到自己走出蘇州車站，神智才漸漸恢復過來。

我費了一些功夫在平門附近一條小巷裡找到了我要找的地方。那是一間破落的小平房，我站在門口，重新將信上的地址對過之後，我才敢伸手去叩門。

開門是一位梳著髮髻的中年婦人，當她問了我的姓名和知道我要找的人時，她的臉色驟然變得慘白，我看見她的手在發抖，抓著板門；略為思索了一下，她引領我進入那黝暗的屋子裡去。

我已經意識到什麼不幸的事情已經發生了。所以當她讓我在一張古舊的八仙桌旁邊坐下來之後，我不再問話，只是用焦慮不安的眼睛凝視著她。

她低下頭，沉默了很久才沙嗄而哽咽地說：

「你來遲了一天。」

「遲了！」我急急地問。

「……」她點點頭。

「今天早上才收到信，我便馬上趕來了。」

「是的，」她抬起頭，憐惜地望著我。「信是她昨天早上發出的，可是，就在晚上……」

「她怎麼了？」我發狂地過去搖她的手臂，喊道：「說呀！晚上她怎麼了？」

「……」她仍然望著我，不響。

我驟然軟弱地畏怯起來，我跌回自己的座位上，半晌，我像是自語似的沉下聲音問：

「她死了？」

她沒回答，突然伏在桌上痛哭起來。

……

那是半個鐘頭以後的事。她告訴我，她是她的遠親，當她從鎮江到這兒來之後，她便以母親對待女兒的慈愛看顧她，同時，還得替她遮掩著這件不體面的秘密——因為她已經懷孕了。在這期間，她終日鬱鬱寡歡，難得看見她的笑容。據她（這位中年婦人）所知，她曾經寫過好些信給「那個男人」，但始終沒有回信。後來她幾乎準備到鎮江去找他了，而又因為自己的身孕，放棄了這個念頭。

「她時常提起你，」那婦人一邊揩拭著眼角，一邊向我說：「但當我問她為什麼不寫信給你時，她總是說怕你為她傷心，而且還說沒臉面見你。直至前天，她從我帶回來的一份舊報上看見那個沒良心的失蹤的消息，她整整哭了一晚上，第二天——就是昨天，她才決定寫信要你來，誰會料到……」她又哽咽起來，最後，她抑制著說下去：「在昨晚，因為小產……」

我沒法安慰自己，當然更沒法安慰她了。最後，她止住哭，繼續說：

「現在，什麼都過去了。她家裡的人半夜從木瀆趕來，今天已經開始替她料理後事——我才從那邊回來。」頓了頓，她站起來。「不過，她在去世之前吩咐我，她知道你一定會來的。要我將那天晚上她整理好的兩包東西交給你，請你有機會的話，將這些東西轉給他。還說，你早就原諒她了，希望你不要忘記她。」

於是，她從內屋拿出兩個大紙包交給我，同時還答應我，當她安葬後，她會帶我到她的墓地去。

回鎮江的車上，我獨自躲在角落的坐位上偷偷的哭泣。我記起她曾經和我乘火車到離鎮江不遠的龍潭去旅行，那天穿著一件鵝黃色的羢線衣，素色的長裙；那天她說好些令人發笑的話……

我猛然想起，那個時候他還沒有走進我和她的圈子裡來。想到這，我報復似的將那兩個大紙包從架子上取下來，隨手拆開其中的一包。那裡面是些由她（我想是的）整理過的紙片、信件和她的相冊。我隨手翻閱著，我看見她幼小時的憨態，少女時的美好的笑容——那已經失落的。我眼淚不自覺的從眼睛中滴落在那些相片上。

將那紙包重新包紮好，我打開另一個紙包。那裡面全是些原稿紙和幾本剪報。突然，我從一份陳舊的底稿上發現「魯莽」這兩個醜惡的字；我幾乎是屏息著呼吸；急急地翻開其他的底稿以及剪貼新詩和短論的冊子，我發現相同的名字——魯莽。

現在，我完全明白過來了，魯莽就是他。

驀然，我被一種罕有的暴怒所激動，我不顧一切地用力撕碎那些稿紙和那些剪報的，我要撕碎這個醜惡的名字和這些令人憎恨的筆跡，然後我將那些撕碎的紙片扔出車窗外面去……

這種洩憤的舉動使我很快的疲乏下來，直至列車在鎮江車站停下，我還呆鈍的靠坐在車廂的座位上。

一陣乳白色的煤煙掠過車窗……。

二

白煙漸漸散開了，散開了……

外面在下著細雨，像蒙著一層霧。列車緩緩地蠕動，駛出這小小的車站，在月臺的盡頭，我忽然發覺那塊白色的大木牌上的站名是「板橋」。

「板橋！」我輕輕地唸著。遊目四矚，才意識到這兒是臺灣；而那件事已經相隔了好些年了。

列車的速度逐漸增加，我望著外面早春的，葱翠的田畝農莊，我想起當我從蘇州回到鎮江後的情形；我曾經想盡方法去尋找他——魯莽，我的敵人——的下落。但局勢的逆轉使學校停課，我亦因而被迫放棄了學業，從上海撤退到臺灣來。後來從幾位淪陷後逃出來的同學的口中知道一點關於他的情形：鎮江陷落的第二天，他——這位領導學運的英雄又在鎮江出現了，這時候大家才相信政府沒扣留他，而是他潛伏起來，做「策反」工作。接著，他的新任命由軍管會發表了，他的名字上冠上了各種堂堂皇皇的頭銜，儼然紅朝要人，越加不可一世了。

但，現在他竟然是一位光榮歸來的反共義士！他已經覺悟了？或者，他和在鎮江的時候一樣，潛伏在義士裡面，做危害國家的破壞工作？

這個問題始終懸懸未決。返回臺北，我儘快的將報社裡的事情辦妥，然後讓自己沉靜下來，得到一些思索的時間。最後，為了顧全所有的義士們光榮的名譽，我決定暫時不去告發，先聽取他的解釋，然後再作下一步的決定。我想：為了他自己，他一定會這樣做的。

第二天，因為工作上的便利，我得到一個機會去查閱昨天到達的義士們的名冊。可是當我重頭翻閱一遍之後，我幾乎失聲叫喊起來，我找不到他的名字。

然而，他昨天到達是千真萬確的。那麼他一定是化了一個假名，這樣說，我認為他是一個危險份子的可能性更大了。

事情似乎已經不容許我再作考慮了，正當我在次日的早晨準備到有關機關去檢舉他時，我忽然在中央日報的義士尋人欄中讀到一則尋找我的啟事，下面的署名是一個陌生的名字。

這會就是他嗎？我問自己。為了慎重起見，我馬上乘車到大湖義士村去。

在一間潔淨的鋁製活動房屋的會客室裡，我約莫等候十分鐘，我看見他神情嚴肅地從外面走進來。

他沉重地走近時，有點靦腆不安地將手伸給我。我沒去接住他的手，只是發出一聲短短的冷笑。我奇怪自己的鎮定，而且，我不明白自己竟然那麼堅定地注視著他，直至他低下頭。

「我來了，」我含惡意地說：「有什麼話，請說吧！」

「我知道你會來的。」他訥訥地回答。

「你以為我不敢來嗎？」我冷冷地笑了笑：「你覺得奇怪，是不是?我居然敢面對著一個頑強的敵人！」

他痛苦地垂下頭。半响，他用一種抑制的聲音說：

「我知道現在任憑我怎麼說都沒有意義了，沒有人肯相信……。」

「一個共產黨說的話！」我搶著接下他的話。

「是的，我是一個共產黨——一個標準的共產黨！」

「像在學校裡的時候一樣，」我繼續說：「你用一個化名潛伏在義士裡面！」

「開始的時候，的確是這樣——但是……」

我用手制止他說下去。厲聲說：

「不用說，現在你的話不能再感動我了！」

我看見他的嘴角痙攣著。我突然發現他變了，他的口才變得遲鈍而拙劣。於是我說：

「現在你已經替自己作過什麼打算嗎？」

「當我在碼頭上看見你之後，我知道這應該由你決定。」

「因為我會揭發你？」

「不！我已經向新的我，真正的我自首了！我希望你相信我這句話。」

「你以為我會相信嗎？」

「我想，你也許不會相信。」

「對，」我冷酷地說：「現在我只相信事實。」

「是的，這是事實。」

「有證據嗎？你應該知道，思想上的證據是不易搜尋的！」

他慢慢的伸出他的左腿，將褲管拉上去，讓我看那在大腿上露出的一個難看的傷疤。

「那是被聯軍刺傷的？」我問。

他點點頭，將褲管放下來。

「我以為那刺刀是應該戳進你的腦袋裡去的。」我又說。

「啊！你還記得那次吃早粥時我說的那句話。」他苦澀地笑笑：「——是的，它應該戳進我的腦袋裡去，假如是這樣，現在一切都改觀了！」

「當然，那麼共產黨『抗美援朝』人民志願軍的陣亡將士紀念碑上，一定刻有你的名字！」

「你還是用手打我吧！」他哀求道：「打了之後再讓我向你解釋。」

我搖搖頭說：

「我能夠饒恕所有的敵人，但我不能饒恕你。我看，你還是向自由中國一千萬軍民和全體反共義士解釋吧！」說著，我站起來。「我得走了！」

「你要去破壞全體反共義士們的榮譽嗎？」他攔阻地說。

「難道你以為你會增加他們的光榮？」

「好吧！」他沉重地吐出這兩個字。然後急急地從衣袋裡掏出一封厚厚的信遞給我。

「求你應允我最後的兩個要求，」他懇切地說：「第一件，就是看了我這封信之後，請你替我作一個決定：由我再向祖國自首一次？還是由你告發？第二件……」他抬起那充滿淚水的眼睛望著我，很久很久，才瘖啞地低聲問：「我想知道一點關於她的消息。」

我渾身顫抖起來，我強自抑制著，我恨不得伸手去撕碎他那醜惡的臉，像那次在蘇州回鎮江的車上撕碎他的原稿和那些剪報一樣。

「魯莽先生！」最後我用惡毒的聲音說：「她仍然很幸福的活著，可是你永遠不會再見到她了！」

「她……」他只嗄聲喊出一個字。

為了害怕自己過份激動，我急急地扭轉身走了。我聽到他的腳步聲走在我的後面。

一二

在到大湖車站去的路上，我一邊走一邊拆閱他給我的那封信。一共寫滿了五張信紙。信是這樣寫著：

現在，一切解釋，似乎都太遲了，我並不要求你相信我的話，但我要求你相信這個事實。

早在認識你之前，我已經是一個狂熱的共產黨員。我想，關於這一點，你早已明白了。至於你離開鎮江和大陸後的情形，恕我在這封信裡不再覆述。總之，我當時的愚昧使我成為一個被共產黨讚揚的人物；我自滿、倨傲，那虛幻的功利思想和英雄感不斷的鼓勵著我，引誘著我，使我為了自認為「神聖」的工作，甚至連心愛的她也棄於不顧——你應該知道新奇和刺激對於我的意義。但，「美麗的日子」很快的過去了，我看見那些「翻了身的人民」繼續在流血，那些曾經為「神聖偉大的解放工作」捐棄過生命的同志們被整肅，而且，我意識到那不幸的厄運已經向我走近，我的偏激使他們對我猜疑；漸漸的，我失去了思想與緘默的自由，我變成一具沒有冷卻的屍體，任由他們擺佈。我很明白，一切反抗都無濟於事，於是我容忍，靜候時機；表面上，我仍然是一個「前進份子」。

時機終於來了，我和另外幾個同志接受一項新的任務，我們被派北上參加韓戰，然後奉命假意投誠而滲進戰俘營裡去。在這期間，我們偽裝成激烈的反共戰俘；其實，卻在執行著一個重要的秘密任務：異常機巧地分化那些積極反共份子的力量，甚至不擇任何手段，散佈謠言，挑撥，謀殺……我雖然痛恨這種喪失人性的作為，可是，我仍得這樣照著做。當時，我仍然是自私的，我知道拒絕這種任務所獲的後果。我等待著，盲目而茫然地等待著，但我不知道我在等待些什麼？

戰俘營中的第一個國慶日（十月十日）到了，反共的戰俘們開始忙著籌備慶祝，當然，我們也參與了這個工作。可是在九日的晚上，那面準備在第二天早上在俘虜營裡升起來的大國旗突然失蹤了，我們那焦急不安的神態使他們不敢相信這是我們搗的鬼。為了補救，他們決定漏夜用血染成一面新的國旗。於是事情在半夜裡秘密進行，輪流傳遞著。那青天白日，他們利用僅有的一點寫壁報的自製藍墨水。當那染有未乾的血漬的旗子傳遞到我的手上時，我激動得渾身顫抖，我已經有好些時候沒有接觸過這種情感了，我的心靈被一種奇異的力量緊壓著，我竟然也和他們一樣，用嘴咬破自己的手指，將血染到旗子上，然後以一種迷惘的心情將旗子傳遞下去。天亮之前，那面血旗終於完成了。按照戰俘營的規例，戰俘是不能在營地裡升起任何旗幟的，所以當他們聚集在廣場上將那面血旗升起來的時候，我從那幾個「同志」的神色中窺察出他們在幸災樂禍地等待著，他們知道聯軍監俘的衛兵一定會來阻止這件事情。果然，誠如他們所料，就在那些反共戰俘們隆重而嚴肅地將青天白日旗升起來時，衛兵趕過來彈壓了。但他們不予理會，那面血旗仍然繼續向上升著。因為不能制止，所以那衛兵過去用刺刀將升旗的那個俘虜刺倒。我以為這面旗子將會永遠升不起來了，然而卻出乎我意料之外，當第一個人受傷倒下，人群中馬上有人衝上去搶著接替這個工作，含有忿怒的國歌的歌聲越加激昂越加響亮地唱起來……

第二個人倒下了，第三個人又倒下了……

國旗繼續一寸一寸的向上升著……

我突然被一個強烈而突如其來的思想襲擊了，我聽見自己的聲音在說，含有一種神秘的意味：

「那國旗上染有你的血！」

那聲音永不休止的重複唸著，我感受到一種沉重的壓力，它迫使我的良知承認這血的事實：我想到許多曾被我鄙棄和憎恨的，我發覺自己的愚昧和卑劣；我記起自己在墮入這個黑暗的深淵之前——你應該還記得，我向你說過那個抗戰期間在游擊區的故事？——也曾經那麼執拗的熱愛過這面旗幟，也曾經為了它的光榮而願意毫不吝嗇的捐棄自己的生命。於是，我那幾乎已被湮沒的人性開始從我的心中萌發出來了……

這是一種多麼神聖的感召和啟示啊！我注視著那面染有我那污穢血液的光榮旗幟，我的眼睛開始模糊了。但，我仍然異常清晰的瞥見，他們前仆後繼的撲上去，像那些勇敢而虔誠的赴死殉道者。

第十個人倒下了！第十一個人倒下了！……

國旗一寸一寸的向上升著……

我開始感到昏亂，那些不屈者身上被戳傷的地方，我承受了他們的痛苦，像是那衛兵的刺刀是戳在我的身體上一樣。

我忍受著，我感覺這種忍受變成一種贖罪的解脫了——一切都是我從未經驗過的新奇歌聲從我的心中發出來，和他們滙為一起，我已經承認自己是這個整體中的一個，永遠不再分離。

第十四個人倒下了！第十五個人倒下了……

我的忍受漸漸凝為一種忿怒，我的心臟激烈地搏動著，那如烈火般炎熱的血液在我那澎漲的血管裡奔流；我忘記了自己，彷彿自己已變為一種抽象的信仰或者是一種無形的意念了。

最後，我只記得自己不顧一切的衝出去，接過那倒下的人手中的繩索；接著，我突然乏力地倒下了。但，我能夠看見，那面血旗已升到竿頂，莊嚴地飄揚起來。

國旗終於升起來了，一共被刺傷十九個人，我是其中的一個。

……

現在，我回來了，但回來的並不是我，以前的我在血旗升起來的時候死去了，現在回來的是一個已覺悟的叛徒，是一個陌生的真正信仰自由和真理的人。

以上所寫的，僅是我心靈的供述。我仍然靜候你的判決；同時，永遠向你伸出求恕的手。

一三

掩起他的那封信，我幾乎不假思索地隨即返身向回跑，我一邊走一邊加速腳步，心裡不斷地唸著：

「我得立刻去見他，剛才我使他太難堪了。」

將近義士村的大門時，我發現他仍然站在那兒。看見了我，他跟著向我跑過來。

我們漸漸接近，但我的視線亦隨之漸漸被熱淚所遮沒了走近之後，他激動地向我伸出他的手，喊道：

「我以為你不會再回來了！」

我接住他的手，一時說不出話來。

「原諒我剛才這樣對待你。」我困難地說。

「不！你應該這樣做，因為那不是對現在的我。」

「是的，」我笑著說：「你現在是一個新的人。我們永遠不再提起那個名字吧！」

「走我們到裡面去，」他說：「我還有好些話要向你說。」

於是我們走起來，但剛舉步，我才發現他那受傷的左腳走起路來有點蹶。

「你的左腳怎麼啦？」我忍不住發問。

「和你的一樣。」他倨傲地笑著解釋道：「這就是兩個偉大的時代賜予我們的光榮的標記，要別人永遠看見，要我們永遠記著。」

「我會永遠記著的。」我唸著。

抬起頭，我們看見陽光透過那陰霾的雲層，照射下來。那光芒如同一面已經升起的，在飄揚的血旗。

民國三十三年一月二十五日脫稿於臺北市

民國四十四年五月廿八日改寫於曦園

一把咖啡

民國四十四年度中華文藝獎金得獎作

一把泥土並無價值，但它卻創造了一個簫邦。

一

咖啡在越南是一種最普遍，同時也是最主要的飲料。人們需要它，並不是由於它所含有的刺激，亢奮和沉醉；而是由於喜愛飲用它時那種輕逸的浪漫情調。

在那些幽靜的街頭，在那些典雅地舖設在行人道上的白鐵圓桌上，在那些充滿了花香的夾道林蔭下，在那些用低沉的音調喊著「Cafe au lait Pate banhtag!」[1]的手推車攤旁；那些瑪瑙色的液體，一滴一滴的，從那些精緻的賽銀咖啡濾杯底下落下來，落在那些鏤花的銀套玻璃杯裡。

周圍洋溢著濃郁的咖啡香，它使你產生一種幻覺：你懷疑，那些從濾杯下滴落的是情人的淚？是幸福的足音？或是你的心聲？

這是在那些已經過去的幸福日子裡……

---

1 「咖啡牛奶肉醬麵包」，咖啡車攤的叫賣聲。前三字係法文，後二字係越文；越南人在很多地方將法越文混在一起用。

二

是幸福的日子。

在海防，「翁鄂」的咖啡被公認為是最出名的，所以到他那兒去喝咖啡成為一時風尚。

翁鄂是一個越南的老頭子。「鄂」是他的名字；「翁」（Ong）字在越南話裡是老公的意思，加在名字上是表示對人的尊稱。他所經營的那個咖啡攤在沙華街皇家音樂院前面的林蔭道旁；這個攤子，顯然已經有好些年歷史了，像一棵佈滿了根脈的老榕樹一樣；連那隻破舊的車攤、那些能夠摺合起來的帆布椅子、以及車旁那隻傾倒咖啡渣的小鉛桶的位置，也從來沒有移動過。甚至有人懷疑，它是始終固定在哪兒的。因為沒有人看見過翁鄂在早晨從哪兒將它推出來？晚上將它推回哪兒去？

我認識他是在唸高中的時候，因為在初中時，我和他還有一段無法接近的距離。那時我所熱衷的：是集郵簿、畫板、玩具滑翔機、自製的三極馬達和礦石收音機。但，升上了高中情形馬上就變了：高中學生穿的是「臘腸褲」（初中穿的是短童軍褲），高中學生在樓上上課，高中學生……等等。這些，就是表明一種身份。好像說：一個高中學生還在玩這些「無聊玩意兒」，就是「落伍」！「趕不上潮流」！於是，為了這個緣故，我忍痛將那本厚厚的郵票簿和其他各物一起割愛；上課後的第二天，便慎重其事的開始跟那些高年班「大哥」到翁鄂那兒去。

那個時候，翁鄂至少也有六十歲了；頭頂光禿、只有耳邊環至後腦仍然稀稀疏疏的飄著一些粗而灰白色的頭髮，像一隻用壞了的板刷一樣；他的相貌平庸，屬於醜陋而並不討人厭的那一類型；他那瘦小而傴僂的身體上永遠穿著一套褐色土麻布便服，兩隻衣袋老是塞得滿滿的，即使掏一盒火柴，也得將其他的什物一起翻出來。他健談，精力健旺，整天在車攤和那些帆布桌椅之間走來走去；一個客人和五十個客人對他是沒有分別的，他總是那樣有條不紊。但，當他那個十四五歲的孫兒從國民公學回來時，他便要坐下來，找個話題和熟識的客人聊聊。

不久，他便能從一堆人中叫出我的名字，同時還像對其他的客人一樣，允許我在他的攤子上作有限度的賒欠。不過，我發覺他從來不將那些帳目記下來，他彷彿信任別人有甚於自己的記憶力。不知是出於一種什麼思想，當我清還欠款時，總要故意額外多付給他幾個蘇（Sou，銅板）。他從來沒有發覺。

可是，有一次他突然捉住我的手。

「小鬼！這是你施捨給我的嗎？」他嚴厲而又慈愛地注視著我的眼睛，故作其狀地晃晃他那乾癟的拳頭。「當心啊！你再這樣，我得好好的給你一頓生活！」

從那天起，他竟然認真的聲明取銷讓我賒欠的資格。

當然，以後我仍然到他那兒去，而且很快的又恢復向他賒欠。

說老實話：當時我分辨不出翁鄂的咖啡和自己家裡炒的在味道上有何區別？我到他那兒去，完全是為了時髦。在那兒，我聽到那些高年班大哥在談賽車、足球經、國內的戰事、對愛情一知半解的高論、以及那些用幻想虛構的羅曼蒂克故事。一個學期之後，我在翁鄂那兒「升了級」，因為我已成為「大哥」，擁有一批春季剛升上高中的聽眾。我的腦子裡已裝滿了從他那兒所獲得的知識，我甚至能夠背誦出海防每一位出色的少女的家譜，和一些與她們有關的秘聞。

翁鄂時常供給我一些剛聽來的新聞，但他並不真正關心我們這些「無聊的嘵舌」，他並不是一個頭腦簡單的老頭兒。

在他的靈魂裡面，他倨傲而剛強。他痛恨戰爭和法國人比我們更甚。不只一次、他告訴我那個故事：一個法國人來光顧他的攤子，於是，他用並未煮沸的溫水去沖咖啡，同時偷偷的在濾杯裡加一口吐沫。

「你說結果怎麼樣？」他容光煥發地高聲說：「那條瘟猪喝完了竟然讚不絕口！聲明下次再來！好！再來吧！我一直在等他再來——巴豆水我早就準備好了！」

為了痛恨法國人、所以他也痛恨越文（Chuta，一種由法國人制定的拉丁化文字），甚至當他看見他的孫兒伏在桌子上做功課時，他都會現出滿臉輕蔑和厭惡之色。但他並非文盲，像好些上了年紀的越南人一樣，他能夠寫一手很好的中國字，還會吟詩作對；那年舊曆新年，他便在車攤兩旁親筆寫一副紅紙春聯，車尾還貼一張「招財進寶」。在觀念上，照他——和那些保守的越南人古老的說法：越南是中國的侄兒，日本是中國的孫子。所以他在我們的名字上加個Chu字，意思是稱我們為阿叔；而對於日本侵略中國，則認為大逆不道，深惡痛絕。

有一天，我和另外幾個同學在波蘭街上段一家日本商店的門前，為了對付兩個進去購買瓷器的中國人而引一場小風波，當我們躲開警察的追捕逃到翁鄂的咖啡攤上時，他向我伸開他的雙臂，熱烈的歡迎我。

「好小子！幹得真不壞！」他回頭吩咐騰烈——他的孫兒給我們端咖啡，然後異常興奮地將我按坐在椅子上。「我還以為你們被捕了呢！」

「逃開以後，我們先在附近的小街上兜了半天圈子，然後……」

「先喝口咖啡再說吧！」他阻止我說下去。

當我舉杯喝的時候，我發覺他緊緊的注視著我，眼中含有喜悅，也含有些微憂慮。我一時說不出內心的感覺，我開始憐惜他。然後，我用和緩的聲音敘述事情發生的經過——

「等到我們搶過他們手上那幾盒包紮好的瓷器，將他們摔破，才發現這一對夫婦是剛從國內來，過境入雲南的難民！」我結束我的話：「後來他們說些什麼？我聽不懂，看樣子是向我們道歉；而店裡面那幾個矮鬼卻認為有失面子，和我們吵起來，結果，就幹開了……」

「如果我在那兒，」翁鄂認真的接著說：「我一定用石子敲碎他們的櫥窗！」

「真遺憾，我沒有將它們完全敲碎！」我說。

「夠了夠了，下次還有機會的！」他肯定地說。

以後，我們在等待這種機會——甚至故意去找尋這種機會。但，日本卻撤僑了。這種突然的行動顯示著一個危機；果然，半個月之後，日本強大的海軍艦隊停泊在海防塗山口外，向法國殖民政府提出要求入越的最後通牒；四日之後，法國人終於放下武器，與日簽訂協定。

在六千日軍登陸海防的前一天（民國廿九年九月廿五日），我倉皇地隻身乘坐最後一班國際難民列車由滇越鐵路回國。行前由於時間迫促，我無法向翁鄂辭行。後來，有一天當我想起他的時候，才記起我還欠他二毫六分咖啡錢。

三

回國後，我寄住在雲南昆明一位吝嗇的遠房叔父家裡。這年的冬天和整個民國三十年，我是在鄉下和防空洞裡渡過的。為了療治一個十五歲孩子的懷鄉病，我將每個月節省下來的月費完全支付在喝咖啡上；在護國路附近我找到一家越僑開設的咖啡店，在那兒還吃得到純粹越南風味的點心。

雖然如此，我仍然無法恢復在翁鄂攤子上喝咖啡的情趣。漸漸，我開始懂得喝咖啡了：我喜愛當它不加糖時那種苦澀；放一小匙牛油和混合半杯白蘭地酒時那種香醇和刺激；我開始能夠分辨出咖啡的好壞，和體察出那被忽略的，翁鄂的咖啡裡所特有的那種令人難忘的意味。

此後，我在大後方好些城市裡，皺著眉頭喝下那些用炒焦黃豆煮成的假咖啡，甚至那種連焦黃豆氣味也嗅不出的紙包咖啡茶；在印度的火車站月臺上我還喝過那些印度人叫賣的，根本就是紅茶牛奶的，用粗劣的陶質杯子盛著的冒充「Cafe」……

我對越南咖啡的焦渴和懷鄉病一樣的濃。
當然痛苦也是一樣的濃。

四

痛苦終於過去了。

民國三十五年的冬天，我在上海退伍，然後帶著疲憊而激動的身心乘船經香港回越南去。海防比我記憶中的海防窄小了，顯得殘破而憔悴。當我用歡笑和擁抱拭去母親的熱淚之後，我隨即問：

「翁鄂還在那兒嗎？」

「他比你的母親還重要啊！」她笑著呵責，然後說：「快些去看看他吧！這老頭子倒是時常問起你呢！」

當我奔跑到他那兒，當我熱切地呼喚他時，他愣了一下，隨即激動得足手無措地擁抱著我，用他那冰冷而微顫的手摸摸我的臉，拍拍我的胸膛，笑著，不住的用手背去揩拭眼淚。

「至少也有六七年了吧——坐下坐下，呃……喂！端兩杯過來！」等到那個年輕小伙子將濾杯放在我的前面時，他得意的問我：「記得他嗎？是騰烈呀——怎麼不招呼阿叔？」

騰烈向我點點頭，含糊的叫了一聲便回到車攤上去。他的年紀和我相仿，現在長得強壯結實，那種不愛說話的脾氣似乎尚未改掉。他穿著一套黑長褲，黃斜紋布的短袖襯衣，頭上斜戴著一頂式樣奇怪的帽子。這種裝束到處可以看見，像是一種什麼制服似的。

大概窺出我的心意，翁鄂解釋道：

「他現在當了民兵，別小看他——還是分隊長呢！」說著，他羨慕地望了他的孫兒一眼，繼續說：「他這副神氣真像他那死去的父親！這次我本來也要加入的，那些混蛋傢伙嫌我太老了！我比以前怎麼樣？」他有意挺挺胸脯。「——老嗎？」

「我看沒有什麼兩樣！」

「可不是，我還向他們保證，我還要活三十年。」他生氣的頓住了，然後找話來安慰自己：「不過沒關係，你還記得那年打日本人的事嗎？」

「記得，當然記得。」我應著。

「好！這次讓我們來打法國人給你看！」

這時，我才發現車攤的玻璃裡面，貼著好些相同的，胡志明「同志」的照片，車頂還插著紅底黃星旗。

「現在咖啡賣多少錢一杯！」我站起來問。

「三塊錢。算了！這一杯算是歡迎你回來的，免費！不過——」他神秘地向我笑。「你得付給我兩毫六分錢，這是你那年欠的！」

雖然現在半毫六分錢只能買兩盒火柴，而且銅板早就廢用了，但，翁鄂依然不肯多收。他說：他所收的並不是我的欠款，而是他這幾年來記著我和這個數字的代價。

五

我很快的便了解當時越南的情勢：北緯十六度以北的日軍將半數武器繳給入越受降的中國部隊，而將另一半贈給越南人，造成今日這個法越武力相持的危局。至於越南人本身，除了「復國」這個偉大的願望，他們忽略一切：在他們那愚昧無知的，羼弱的心靈裡，充滿了復國後美麗的幻想；他們不了解政治，只是不擇手段的信仰任何一種能足以打擊法蘭西政府的主義和武力；那個共產國際的傀儡——那個狡詐的瘦老頭胡志明，在他們的心中佔有的地位比神更重要，他們盲目的跟隨他，像跟隨著光明和真理一樣堅定。

我照例每天到翁鄂的咖啡攤上去坐坐，和老同學們見見面。而咖啡攤生意已大不如前，顧客除了當年那批現在已進入社會的高中學生，便很少有人來光顧了。原因當然是由於環境所趨，連年戰亂，使今日的少年們都失去昔日那份閒情逸緻了。即使是我們，也無心再談論以往的那些夢囈般的話題；大家見了面，若不是相對苦笑，便是盡情的將多年的積鬱來一次總發洩。我雖然同情他們，了解他們的苦悶，可是我亦無能為力；因此重返越南，目睹這種情況之後，我開始為自己的前途憂慮和感到徬徨。

而那個不幸的日子終於在我的憂慮中到來了，那是在我回來後的第十四日。

事件的發生是因一條中國載運火油的汽船而起的。抗戰勝利，法國人在越南恢復他的宗主權後，卻無法從已經武裝的越南人手上奪回關稅權，這種爭持的結果是：華僑要向法越兩方繳納雙重的關稅。

這天正午，當五名法國稅警在緝私艇上被岸上的越盟士兵槍殺之後，戰爭爆發了，法軍的戰車隨即封鎖通至華僑區和越人區的每一條幹道；當時情勢非常緊張，缺乏重武器的越盟軍隊和民兵結集在那些橫街的街角，準備應戰。當情勢轉變時，我正在翁鄂那裡，而他的車攤正處於法人區與華人區之間，所以當騰烈背著一枝日本三八式步槍緊緊張張地帶一個壞消息來之後，翁鄂才決定將車攤推至離我家不遠的運河口去。那些民兵和婦女全部加入戰線，搬沙袋，運彈藥；翁鄂則忙著沖咖啡，免費慰勞所有的人。

兩個鐘頭之後，雙方談判破裂，轉瞬間法軍的槍砲大發，戰車開始沿著那已癱瘓的馬路掩護著步兵向前推進。當越南人發覺危機逼近時，翁鄂忽然將他的車攤從橫街推到馬路上去，接著，那些卡車和小轎車，那些笨重的衣櫃、鋼琴、縫紉機、大木床、桌椅傢具、甚至一隻小木盒，都瘋狂一般的從那些屋子裡被搬出來，堵塞住路口，成為一條截阻戰車前進的障礙。

儘管家裡如何制止，我仍按捺不住的從後門轉到橫街去，我終於在人叢裡找到了翁鄂。看見是我，他連忙將我拉到一邊，正色地說：

「你跑出來做什麼？快點回去！我看他們還不至於加害中國人的！」

「騰烈沒和你在一起嗎？」我問。

「他在對面！」他指指運河對岸的波蘭街（越人區）。「我們正要設法和他們取得聯絡。你回去吧！」

「你不餓？我去替你取點食物……」

「走你的吧！」他用力推開我，詛咒道：「馬上就要死了，還怕餓？——走！回去！」

看見我不動，他轉身走掉了。我望著他那蒼老的背影，步履蹣跚地走入街角那一堆人叢裡去。回轉身，我感到有兩行熱淚爬過我的面頰。

入黑之前，法軍的戰車已突破這一條「精神陣線」，橫街的越盟守軍無路可退，只好冒死沿著沙華街的牆根衝過街道，跳入運河；但大多數的突圍者都死在機槍下，倒在街道上……

第五天，法軍佔領了整個的海防。但海防已成為一座死城，沒有任何一個越南人願意留下來。

在市區戰事告一段落時，我不敢到停置在運河口那堆已腐臭的死難者那邊去，我害怕發現翁鄂也在裡面。

半月之後，在那些家產已蕩然無存，而越盟無法養活的海防市民——這些盲目被騙的可憐犧牲者，陸陸續續的被迫再回到市內來時，我負著比回來時更沉重悲痛的心情再度離開越南。

這一次，我欠翁鄂的咖啡帳是十四元，我將永遠無法清付了！我想。

六

再度回國後，為了生活，我曾經走下深黑的礦坑、做過機器工人、畫匠、抄寫員；為了探究那玄奧的，生命的核，我開始鑽進文學和我無法理解的，形而上的思想裡去，去拓展我那狹窄的思想的領域。

京滬失陷，我逃亡到臺灣，依賴寫作糊口。雖然我也曾將自己所經歷過，所熟悉的事物寫下來，但，始終不敢動手寫關於翁鄂的故事，因為它是沒有結尾的；而我又不願為了個人的感情將它寫成庸俗的大團圓，更不願照實在的情形寫而虐待自己——對他，我明白心理的擔負。

一件意外的事情發生了，那是民國四十一年的冬天。

當回國參加「介壽杯」籃球賽的球隊名單在報紙上發表時，我竟然在代表北越的海華球隊裡找到一連串熟識而又陌生的名字。果然，見面時都是喊得出名字的老同學。在賽程期間，我整天陪著他們，談談兒時的瑣事：這十多年來的變動，我借著這個機會向他們複習那將要完全遺忘的越南話。有一次，我們突然談起翁鄂。

「他現在簡直老得不像話了！」一位同學說。

「怎麼？」我驚異地問：「他沒死？」

「誰說他死了？」

「啊……」我深長地吁了口氣，接著問：「那麼他還在賣咖啡？他的孫子呢？」

「你說騰烈？還不是跟胡志明走掉了，毫無下落！」同學說：「翁鄂還在老地方，不過已經走不動了，廢話也不說了，我們去喝咖啡都是自己動手，他只是坐在一邊發呆。」

「他也許是想念他的孫兒，只有那麼一條命根呀！」

「誰知道他想些什麼！」

那次他們在臺灣逗留了一個月，球賽在初賽時便淘汰了，得到最末一名；而他們依然是那麼興高彩烈。他們說，他們不是為了拿冠軍才回來的。臨走時，我託他們帶些土產回去送給親友，其中一份是給翁鄂的，還請他們代我還給他十四塊錢。

是為了翁鄂的緣故嗎？民國四十二年在感覺上顯得比任何一年都長，好不容易才挨到冬天。

他們又回來參加「介壽杯」球賽。不過，只回來五個人，與河內隊合併為「北越隊」。每個人心情都很壞，據說能夠這樣回來已經很不容易，因為越共四處騷擾，華僑的生活非常困苦。他們除了替我帶來一些信件和越文書籍，還有翁鄂送給我的一磅咖啡和一隻濾杯。

「他不肯收我們的錢，」同學說：「他說他要你親手還給他，他相信自己一定能夠活著等到你再回去的。」

「這老頭子！」我假裝嗅咖啡的香味，掩飾自己欲滴的眼淚。

球賽完畢，他們又走了，當我送他們上飛機時，他們緊緊的握著我的手，久久不放。我懇切地說：

「希望你們明年能夠再來——像第一次那樣來！」

「我們要來的！」他們勉強地笑笑。「一定會來的！難道你不再需要咖啡了嗎？」

「啊，是的，要翁鄂的咖啡，替我問候他。」

其實，我和他們的心裡一樣明白，除非是奇蹟，不然，明年再回來的希望很微弱了。

七

我珍惜翁鄂送給我那磅咖啡的程度簡直近乎吝嗇，儘管如此，不到三個月我就將它喝完了。

而越南的局勢卻急轉直下，得到共匪軍援的越共猛犯紅河三角洲，繼而奠邊府被圍，直至日內瓦會議宣判了北緯十七度以北的死亡，劃歸越共。照那個可詛咒的「停戰協定」，海防是最後一個被割據的城市，死期是民國四十四年五月十九日。

當然，去年「介壽杯」球賽他們沒有回來，翁鄂的咖啡自然也無從帶來了。我將那隻賽銀咖啡濾杯放在案頭日曆旁邊，並不是裝飾，而是警惕；每天，我用紅筆在日曆上做一個血的印記，填滿那不幸的一年。

這期間，我很少收到家裡和朋友從越北寄來的信。我體味得到，當他們一旦丟下祖先艱苦創下的基業，面對著殘酷的現實，到南越去重新建立一個家時的那份迷惘、徬徨和辛酸。

這不正就是我們所感受到的嗎？

八

連續著兩個月，我幾乎夜夜夢見海防：我看見清晨遍飄鳳凰花瓣的街道，我聞到令人心醉的咖啡香……

我為那已失落的夢裡的故鄉憔悴。

上月初的一個早晨，一位隨越南學生回國觀光團抵達臺灣的方小姐打電話給我，她說我在西貢的朋友託她帶來一些東西，要我親自去取。

半小時以後，我趕到臺北師範學校，從她的手裡只收到一封信和一隻小小的紙盒。

「就是這兩樣嗎？」我低聲問。

她微笑著點點頭。

以下是那封信：

附上的一小盒咖啡，是我離開海防時翁鄂託我轉給你的，我不明白他只送這一點點給你有何用意？現在趁這個機會託他們帶來給你。

在海防的親友，能走的全走了。目前我們在西貢雖然已經暫時安頓下來，但對未來的生活，實在不敢多想；即使如此，我們仍自覺比較留在海防好些，心靈上也安全些。記得前年返國時，你曾說及要將翁鄂的故事寫下來，未知你是否已將它完成？不過，我仍要將他的真正的結尾告訴你。這是最近逃出來的人告訴我的。

……

當人們紛紛向南方逃難時，翁鄂並無走的打算，非但如此，他還將他那新造的車攤漆得像一座花園。越共入城的那天，他在四周掛了紙製的紅底黃星旗，表示歡迎。之後，留在海防的熟人都不願——應該說不屑於去照顧他，因為那些座位經常坐滿了越共之後，很有點「外人恕不招待」的意味。他的話也多了，那副巴結奉承的嘴臉令人望而生厭。

跟著，他的孫子騰烈從河內調回海防來了，像是幹了個不大不小的官。有了靠山，這老頭子更是神氣百倍，又回復當年「不喝翁鄂的咖啡就是沒喝過咖啡」的那種聲勢。七月的一個什麼紀念日，這是一個難忘的日子，翁鄂的車攤掛燈結綵，同時他還難得的穿上一件黑綢的安南式長禮服；但奇怪的卻是咖啡攤始終空著，無人光顧。直到下午，四周突然警衛森嚴，然後由小汽車送來一批要員，其中還有共匪援越志願軍及軍事顧問團的頭目，騰烈手忙腳亂的擔任招待。

於是，受寵若驚的翁鄂將那些擦得雪亮的咖啡濾杯端上來了，這些貴賓開始品嚐海防最有名的咖啡了……。據那些站在遠處看熱鬧的人說：十分鐘後，那邊的情勢大亂……

結果，無一倖免，連翁鄂自己和他的命根子騰烈也在內，因為他們也喝下那下了毒的咖啡。

九

我總算含著淚將翁鄂這個故事寫下了。

現在，我打開那隻僅可容納一把咖啡的小紙盒，我彷彿聽見甜美的紅河流水的低喚；我彷彿嗅到溫暖而芳香的祖國泥土的氣息。

一把咖啡並無價值，但我知道它對我的意義，像那把波蘭泥土之對於蕭邦一樣。

潘壘全集06　PG1164

新銳文創
INDEPENDENT & UNIQUE

歸魂

作　　者	潘　壘
責任編輯	劉　璞
圖文排版	楊家齊
封面設計	陳佩蓉

出版策劃	新銳文創
發 行 人	宋政坤
法律顧問	毛國樑　律師
製作發行	秀威資訊科技股份有限公司 114 台北市內湖區瑞光路76巷65號1樓 電話：+886-2-2796-3638　傳真：+886-2-2796-1377 服務信箱：service@showwe.com.tw http://www.showwe.com.tw
郵政劃撥	19563868　戶名：秀威資訊科技股份有限公司
展售門市	國家書店【松江門市】 104 台北市中山區松江路209號1樓 電話：+886-2-2518-0207　傳真：+886-2-2518-0778
網路訂購	秀威網路書店：http://www.bodbooks.com.tw 國家網路書店：http://www.govbooks.com.tw

出版日期	2014年12月　BOD一版
定　　價	260元

Printed in Taiwan

國家圖書館出版品預行編目

歸魂 / 潘壘著. -- 一版. -- 臺北市 : 新鋭文創, 2014.12
面；　公分. -- (潘壘全集 ; PG1164)
BOD版
ISBN 978-986-5716-13-4 (平裝)

857.7　　103008930

讀者回函卡

感謝您購買本書，為提升服務品質，請填妥以下資料，將讀者回函卡直接寄回或傳真本公司，收到您的寶貴意見後，我們會收藏記錄及檢討，謝謝！如您需要了解本公司最新出版書目、購書優惠或企劃活動，歡迎您上網查詢或下載相關資料：http:// www.showwe.com.tw

您購買的書名：____________________

出生日期：________年________月________日

學歷：□高中（含）以下　□大專　□研究所（含）以上

職業：□製造業　□金融業　□資訊業　□軍警　□傳播業　□自由業
□服務業　□公務員　□教職　□學生　□家管　□其它_____

購書地點：□網路書店　□實體書店　□書展　□郵購　□贈閱　□其他

您從何得知本書的消息？

□網路書店　□實體書店　□網路搜尋　□電子報　□書訊　□雜誌
□傳播媒體　□親友推薦　□網站推薦　□部落格　□其他__________

您對本書的評價：（請填代號　1.非常滿意　2.滿意　3.尚可　4.再改進）

封面設計____　版面編排____　內容____　文／譯筆____　價格____

讀完書後您覺得：

□很有收穫　□有收穫　□收穫不多　□沒收穫

對我們的建議：____________________

____

____

____

請貼
郵票

11466
台北市內湖區瑞光路 76 巷 65 號 1 樓
秀威資訊科技股份有限公司 收
BOD 數位出版事業部

（請沿線對折寄回，謝謝！）

姓　　名：＿＿＿＿＿＿＿＿　年齡：＿＿＿＿　性別：□女　□男

郵遞區號：□□□□□

地　　址：＿＿＿＿＿＿＿＿＿＿＿＿＿＿＿＿

聯絡電話：(日)＿＿＿＿＿＿＿＿　(夜)＿＿＿＿＿＿＿＿

E-mail：＿＿＿＿＿＿＿＿＿＿＿＿＿＿＿＿